GWENDOLINE
MACQRET-DUMAINE

<u>La vie sur Internet ou la vie sur l'enfer</u>

Venez me rejoindre sur ma page :

https://www.facebook.com/Gwendoline-Macqret-Dumaine-Auteure-1504233716261531/?ref=br_rs

Merci à mes parents…

Merci à ma Maman formidable qui est toujours là pour moi

Merci à mes sœurs chouettes, chouettes, chouettes, à qui, je dois beaucoup

Merci à ma grand-mère qui a eu la grande gentillesse de corriger les fautes d'orthographe… ^^

Et un grand merci à mes amis…

Pour tous ceux qui ont été pris dans le piège
d'Internet

Et pour tous ceux qui j'espère
ne le connaîtront jamais

Chapitre un

Je suis amoureuse.

Je suis folle d'un garçon qui s'appelle Vincent et que j'ai rencontré sur Internet.

Il est vraiment sympa et il me comprend.

Je peux lui parler de tout, de ce qui me tracasse, de mes soucis, de mes chagrins, de mes joies et il est toujours là pour moi.

Je ne sais pas ce que je ferais sans lui.

En fait, j'ai quinze ans et je m'appelle Albine.

J'aime pas mon prénom, mes parents n'ont pas de goût.

Vincent, lui l'aime bien alors ça me remonte un peu le moral.

Tous les soirs, après le lycée, je vais lui parler sur mon ordi.

On se parle pendant quelques heures, jusqu'à ce que mes parents hurlent mon prénom pour venir à table.

Pff, pourquoi est-ce qu'on a des parents ?

Ensuite, je retourne lui parler et parfois on se voit avec notre webcam, il est trop trop beau.

Dommage qu'il n'habite pas la porte d'à côté, il habite à deux heures de route mais bon, peu importe je l'aime quand même.

La nuit je dors avec mon portable à côté de moi sur l'oreiller, jusqu'à vingt-trois heures j'envoie des textos à Vincent.

Ah, que ferais-je sans lui ?

Tiens mon portable vibre, qu'est ce que c'est ?

Oh non, déjà le matin, j'ai dormi à peine sept heures, je me frotte les yeux et regarde mon portable chéri.

De Vincent :
Dors bien. Je t'aime.

Ah oui, il doit être daté d'hier soir, un peu à la bourre, pas du voir hier soir.
Je lui envoie un message :

A Vincent :
Bonjour, t'es déjà réveillé ? Encore une journée sans te voir en vrai, quand est-ce qu'on pourra se voir ? Tu me manques. Je t'aime

On se parle pendant près d'un an, tous les jours, mais on ne s'est pas encore vus en vrai. C'est normal, il n'a pas trop le temps, il a dix-sept ans et il travaille tout le temps alors c'est dur de se voir et puis il n'habite pas la porte d'à côté.
En plus, si je disais à mes parents, que je voudrais le voir, ils me tueraient. (Façon de parler bien sûr)
Ils ne comprendraient pas qu'on puisse aimer quelqu'un sans l'avoir jamais vu.
Mais la preuve qu'on peut. Ah, un nouveau vibreur, c'est Vincent :

De Vincent :
Bonjour, toi. Oui, je suis déjà levé, je me lève à six heures, à cause du boulot. Courage, patiente et tu seras récompensée.

Moi aussi je t'aime et tu me manques aussi. Moi aussi, j'aimerais te voir en vrai, de la tête aux pieds. ☺ Bisous.

Ah bah oui, il est sept heures, ça fait déjà une heure qu'il est levé.
- Albine ! Dès le matin, tu n'es même pas levée que tu es déjà sur ton portable ! Tu peux pas te lever, tu vas finir par être en retard au lycée ! Me crie ma mère après avoir ouvert la porte et m'avoir vue.
Je lui réponds sur le même ton :
- Oui, bah ça va, je m'habille et j'arrive !
Elle me regarde cinq secondes comme si elle allait rajouter quelque chose puis se ravisant, souffle et referme la porte.
Je réponds à Vincent :

Pour toi je serai patiente, bon courage pour ton boulot, tu es merveilleux. Bisous.

Il ne tarde pas à me répondre :

Merci, et toi tu es fantastique, ne t'avise pas de croiser le regard d'autres garçons dont tu pourrais tomber amoureuse… J'rigole, quoi que… Bisous, passe une bonne journée au lycée.

A Vincent :
Promis, seul toi compte pour moi. Au lycée, une journée de mer… Comme d'hab.

De Vincent :

J'espère bien qu'il n'y a que moi dans ton cœur. Mais non, aujourd'hui, tu vas passer une journée fabuleuse, pense à moi et souris !

A Vincent :
Je vais essayer, promis.

Bon, je vais m'habiller.
Je passe dix bonnes minutes devant mon armoire à ne pas savoir quoi choisir. Finalement j'opte pour :
Un décolleté rouge à paillette.
Une mini jupe violette avec un collant noir.
Des ballerines rouges sans oublier du gloss sur les lèvres et du crayon noir sous les yeux.
Aujourd'hui je laisse mes cheveux voler aux vents sans aucun élastique ou la moindre petite barrette.
J'arrive dans la cuisine, plus de céréales. Signé mon frère que je déteste. Il a un an de plus que moi donc il croit avoir tous les droits. Tant pis, je mangerais du pain, en plus il est un peu dur ! Pff, comment passer une bonne journée quand ça commence comme ça ?
Et y'a plus de thé !
Tant pis, j'attrape une pomme, mon sac à dos et je sors en claquant la porte.
Dehors, devant ma porte, il y a Alexandre, qui m'attend.
Mon voisin et aussi mon meilleur ami.
- Hé, Alex, ça va ?
Il est assis sur les marches, en train de mâchouiller un chewing-gum et de jouer avec les cordons de son polo. Je devine qu'il m'attend depuis un moment.

- Ouais, et toi ?

- Ca va…

Il me regarde avec un drôle d'air puis rajoute :

- T'es sûre ?

- Bah oui, pourquoi ? je lui réponds, hésitante.

- Parce que je vois bien quand ma meilleure amie ne va pas bien, on dirait que t'es patraque. T'es pâlotte.

- Bah, c'est juste que je dois être un peu fatiguée. J'ai pas beaucoup dormi cette nuit.

On continue le chemin vers le lycée en se racontant des choses sans importance. Sa mère est enceinte et ils viennent d'apprendre que c'est un garçon.

Cela fait dix ans qu'Alex est mon meilleur ami, on se connait depuis que nous avons cinq ans, on était ensemble à la maternelle, à la primaire, au collège et maintenant au lycée.

Je me souviens que nous étions bien malheureux quand en cinquième, on n'était pas dans la même classe, c'était la première fois que cela nous arrivait et on se retrouvait tous les soirs à la sortie du collège en nous racontant la journée séparés l'un de l'autre. En quatrième, on priait pour que l'on soit ensemble, mais ça n'a pas marché. Encore une année où on était séparés la journée.

Mais en troisième et maintenant en seconde on était dans la même classe. On avait sauté de joie, c'est idiot, mais c'est comme ça. Nous sommes meilleurs amis quoi qu'il arrive.

Cette année, Alex sort avec une fille, cette Alice. Bizarrement je ne l'aime pas, plutôt je ne l'aime plus depuis qu'il sort avec.

Mais ce n'est pas de la jalousie comme si j'étais amoureuse de lui, pas du tout. Mais plutôt que je n'aime pas qu'il passe plus de temps avec elle qu'avec moi. Enfin, pour l'instant, ça n'a pas l'air. Il la voit qu'au lycée, pas en dehors.

Et puis j'ai Vincent.

C'est étrange mais je ne l'ai pas dit à Alex que je sors avec Vincent.

Je crois que j'ai peur de sa réaction, qu'il me dise que je ne le connais même pas et que je ne l'ai jamais vu.

Mais je l'aime vraiment et je sais que Vincent aussi m'aime.

Alex ne peut pas être jaloux de lui.

Quand je l'aurais vu en vrai et qu'on aura passé du temps ensemble, je lui présenterai, c'est promis.

Alice nous vit de loin et accouru vers nous. Elle me sourit et vint se pendre au bras d'Alex.

- Bon ben, je vais trainer un peu dans les couloirs et on se retrouve dans la salle ? je demande à Alex.

- Ouais. Ok.

Je le laisse avec sa pouf de copine et pars de mon côté. J'ai un quart d'heure avant le début des cours.

Je sors mon portable et vois que j'ai un message d'Arianna, une copine. Elle est dans le même cours que moi en histoire et est assez sympa. Elle est drôle sans être lourde à la fois. Et puis, on se confie souvent des choses. Enfin, ça dépend quoi, je ne lui ai pas dit pour Vincent. Pas pour l'instant. Je crois, que elle, elle m'aime vraiment, et je dois avouer que c'est un peu réciproque.

D'Arianna :

T'es où ? G un truc à te dire. Faut qu'on se voie.

A Arianna :

Je suis dans les couloirs à côté de la salle de chimie.

D'Arianna :
Bouge pas, j'arrive, ça te dérange pas ?

A Arianna :
Pas du tout, je t'attends.

Cinq minutes plus tard, elle est près de moi. Elle avait couru et a son sac à dos sur une seule épaule.

Elle est plutôt grande et a des cheveux blonds qui lui descendent jusqu'aux épaules. Elle porte toujours des vêtements originaux de toutes les couleurs, aujourd'hui, elle porte une simple robe bleu pâle, des sandales vertes pommes et un foulard au cou orange coucher de soleil. Je ne sais pas si cette couleur existe « orange coucher de soleil » mais ça me fait cet effet cette couleur, alors je l'appelle comme ça !

Elle me prend par le bras et me dit :

- T'étais au courant que Baptiste était à l'hosto ?

Baptiste c'est un gars de première qui sort avec Arianna.

- Hein ? Pourquoi ?

- Il a fait une crise d'appendicite.

Sa voix tremble tandis qu'elle dit cela.

- T'inquiète pas, ce n'est rien. Il reviendra vite.

- J'espère.

Elle verse une larme et je la prends dans mes bras.

- Allez courage. Baptiste est fort, il va pas se laisser mourir.

Elle s'essuie les yeux et me sourit.

- Merci, c'est cool d'avoir une amie comme toi. On mange ensemble ce midi ?

Pourquoi pas alors j'accepte.

- Ok, t'as quoi comme cours là ?

- Français et toi ?

- Euh… Je crois que c'est Maths mais je ne suis pas sûre à cent pour cent.

- T'as pas ton emploi du temps ?

- Bah si quelque part dans mon sac mais je ne sais pas où. J'ai un tas de papier et de trucs là dedans que quand je cherche un truc, c'est diff à trouver.

Arianna rit.

- T'as qu'à demander à Alex, je suis sûre qu'il sait t'as quoi comme matière. Eh, Alex vient voir par là ! s'exclame-t-elle en faisant signe à Alex au bout du couloir.

Il vient vers nous et nous souhaite un « bonjour la compagnie ! » Arianna le questionne :

- Tu saurais pas ce qu'Albine a comme première heure ? Impossible de remettre la main sur son emploi du temps.

Il me regarde et lève les yeux au ciel.

- Normal que tu l'as pas trouvé, dit-il en cherchant dans son sac et en me tendant une feuille toute froissé, tu l'as oublié chez moi hier soir.

Je souris et lui saute au cou.

- Merci ! Mais du coup j'ai quoi ?

Je préfère lui demander au lieu de regarder sur la feuille. Comme ça il me parle, reste plus longtemps avec moi et sa copine qui est resté derrière attend plus longtemps. Tant mieux. Albine, tu ne dois pas être comme ça. Ca rime à quoi ? A rien, et tu le sais et ? Ca m'amuse c'est tout. Si tu voyais sa tête à l'autre, qui suit Alex partout comme un bon p'tit chien chien. Je rigole. Alex me fait revenir sur terre.

- Comme tout les lundis, t'as cours avec moi patate !
- Oh, comme c'est mignon, comme surnom, rigole Arianna.
Je hoche la tête à l'attention d'Alex et lui demande :
- Mais on a quoi comme matière ? Récréation ?
- Non, j'crois pas. Mais plutôt Sport.
Je sursaute.
- Hein ? On a sport dès le lundi matin, mais regarde comment je suis habillée !
- T'as pas des vêtements de rechange ?
Je fais semblant de me mettre à pleurer.
- Nan, j'crois que je vais pleurer ! Je déteste sport.
- Tant pis pour toi. La dernière fois, t'as fait semblant d'avoir envie de vomir. Cette fois, tu ne te défiles pas. C'est l'heure, viens.
Comme je ne bouge pas, il me prend par la main et m'emmène au lieu maudit. En chemin je réfléchis et une nouvelle idée me vient.
Nous entrons dans le terrain de sport, Alex marchant devant et moi derrière en boitant. Devant le prof, je fais semblant de tomber et je me rattrape à Alex.
Le prof me demande :
- Bah Albine, qu'est ce que tu as ?
- Je me suis foulé la cheville hier, et j'ai affreusement mal.
Alex me regarde en me fusillant des yeux. J'ai toujours ma main sur son bras et la retire.
Le prof dit :
- Bon, bah reste sur le banc alors. Tu regarderas les élèves jouer au handball.
Au handball? Oh, mince! (Ironique) Décidément, je crois que je vais être mieux sur le banc !

Je fais demi-tour et m'assois sur le banc. Alex passe près de moi et faisant semblant de refaire ses lacets me chuchote :

- J'te déteste Albine, à chaque fois tu fais l'coup, t'es pas cool. Moi je suis là à jouer comme un crétin tout seul pendant que toi, t'es assise comme une reine. C'est trop demander de venir jouer avec nous ? De venir jouer avec moi ?

Je lui adresse une moue.

- Désolé, Alex, tu sais je suis pas sportive. Je préfère regarder. Et puis c'est pas de ma faute si le prof y voit que du feu.

Le prof rappelle Alex pour qu'il revienne vers eux avant qu'il ait le temps de me répondre alors je lui adresse un faible sourire. Il hausse les épaules et repart en courant. Tant pis, je sais qu'il me pardonnera jusqu'à ce que je refasse ce coup là. Je suis sa meilleure amie pour le pire et le meilleur, non ?

Chapitre deux

De: vincentalcool@hotmail.fr
A: albinecestmoi@hotmail.fr

Coucou,

Oui, je suis désolé, cette semaine, je vais peut-être avoir du mal à t'envoyer des mails mais ce week-end beaucoup plus : cette semaine, je remplace des gars de ma boite, du lundi matin au jeudi soir, tous les jours ^^

Comment se passe le lycée ? Ta première année de lycée ? Quand tu l'auras finie et que tu seras sortie, le lycée te manquera, y parait que les plus belles années ce sont celles du lycée, tu crois ?

Moi perso, j'en ai plutôt bavé ces années là.

Avec un père bourré tous les soirs et une mère qui était là que tous les deux jours, j'étais comme un enfant perturbé, parce que j'avais des parents perturbés ! (en tous cas, ce que disaient les profs...)

Mais bon, maintenant, j'habite ailleurs, je ne vois plus mes parents et c'est beaucoup mieux comme ça !

Je t'embrasse,

Vincent.

De : albinecestmoi@hotmail.fr
A : vincentalcool@hotmail.fr

T'inquiète je t'excuse complètement pour cette semaine. Si tu m'aimes vraiment, quatre jours ne vont pas nous séparer, nous serons toujours dans l'esprit de l'un et l'autre.

Ton histoire m'a fait monter les larmes aux yeux, moi mes parents ne sont pas comme ça, mais ils sont franchement relou. Enfin, il faut croire que c'est mieux que d'être bourré ou de ne pas être là, tout court !

Non, mais quand même, tu te rends compte de ce que mes parents m'ont fait avant-hier : j'ai retrouvé des préservatifs sur ma table de nuit ! Et ce sont eux qui me les auraient mis là, « au cas où » non, mais franchement et mon frère qui a explosé de rire quand il l'a su ! La honte, quoi ! Mais bon, bref, pour moi, tu n'as rien de perturbé, je te qualifierais plutôt d'intéressant !

Sinon pour cette année, le lycée, ça va encore, je te raconterai plus de chose une autre fois.

Je dois me coucher,

Je t'embrasse,

Albine.

De: vincentalcool@hotmail.fr
A: albinecestmoi@hotmail.fr

Salut, ma Albina,

Tu m'as bien fait rire quand je suis arrivé au passage de ce que t'on fait tes parents.

Ce n'est pas les miens qui auraient pensé à ça.

Je comprends que ça te rende furieuse mais au moins ils pensent à toi, tu ne le sais peut-être pas mais beaucoup de ton âge ont déjà franchi le pas, ils s'inquiètent surement pour toi !

Mais bon, peu importe, ne t'en occupe pas et voilà tout !

Tu as aussi de la chance d'avoir un frère, même si je veux bien te croire, parfois, il est agaçant. Moi je suis fils unique. J'aurais bien aimé avoir un frère ou une sœur. Mais finalement après réflexions, avec des parents comme les miens vaut mieux pas. Enfin, bon, peut-être qu'un jour, je m'en inventerai un.

Bon, j'te laisse, a+

Je t'embrasse,

Vincent.

De : albinecestmoi@hotmail.fr
A : vincentalcool@hotmail.fr

Coucou,

Pourquoi Albina ? Faute de frappe ?

Si tu veux un frère, je te donne le mien ! Cadeau !

Mais je te préviens, il laisse jamais de céréales au suivant.

Je t'avais dit que je te raconterais plus de chose à propos du lycée.

Tu m'as dit que les plus belles années étaient celles du lycée. Ah bon ?

Mais faut croire que pour moi, ça marche puisque je suis au lycée et que y'a quelques temps, j'ai rencontré un garçon vachement cool dont je suis tombé amoureuse.

Et d'ailleurs, je voulais lui demander à ce garçon pourquoi il avait choisi cette adresse mail : vincentalcool…

C'est bizarre, non ?

T'es fan d'alcool, c'est pour ça ? Moi je te préviens, je déteste le vin et l'alcool.

Je t'embrasse,

Ta Albine.

De: vincentalcool@hotmail.fr
A: albinecestmoi@hotmail.fr

Coucou mon Albina,

Non, ce n'est pas une faute de frappe, tout le monde t'appelles Albine alors je serai le seul à t'appeler Albina. Enfin, si tu es d'accord bien entendu. Si ça ne te dérange pas. Je veux bien croire que tu as rencontré l'homme de ta vie. Et je peux te persuader qu'il a bien de la chance et que c'est un homme comblé.

Mon adresse mail est tout simplement un jeu de mot minable : Vincent alcool = vin sans alcool !

Tu l'avais sûrement déjà compris ça et avoue que c'est assez nul ! En tout cas ça ne peut pas rivaliser avec « Albine c'est moi »

Je préfère ça à « Jérôme c'est moi » de la chanson!

Bon, je te laisse.

Je t'embrasse,

Vin avec alcool !

De : albinecestmoi@hotmail.fr
A : vincentalcool@hotmail.fr

Génial ton adresse mail ! Et génial ta remarque sur Jérôme !
Justement d'où mon adresse mail : j'adore cette chanson !
Pas de problème pour Albina, ça sonne bien, c'est cool alors pourquoi pas.
Et toi aurais-tu trouvé la femme de ta vie ?
En as-tu eu beaucoup des femmes avant moi ?
Aujourd'hui le lycée était ennuyant à en mourir, j'ai eu treize à un exam de maths et deux à un exam de physique --'
J'ai pas hâte que mes parents l'apprennent, j'ai mis mes feuilles de devoir tout au fond de mon sac.
Ah la la encore celui de maths ça va, mais alors celui de physique je crois que je vais le brûler ! Nan sans déc. je ne sais pas ce que je vais faire, aide moi !
Je t'embrasse,
Ta Albina.

De: <u>vincentalcool@hotmail.fr</u>
A: <u>albinecestmoi@hotmail.fr</u>

Salut mon Albina,

Ah la la c'est quoi ça ? Un deux ? T'as du mal en physique ?
Je veux bien t'aider. T'as deux choix : Soit tu le dis à tes
parents et je te dis bon courage, soit tu le brûles comme tu
l'as dit et fais attention de ne pas te brûler ! Non, sans déc, je
pense que t'as pas trop le choix : dis-leur… Mais courage je
suis avec toi ! Pense à moi et donne-leur la tête haute !

Pour répondre à ta question sur les femmes, oui, j'en ai eu
pas mal avant toi mais maintenant il n'y a que toi. Et je ne
sais pas si tu es la femme de ma vie mais je l'espère.

J'ai hâte de te voir.

Je t'embrasse aussi fort que d'habitude,

Vinc.

De : albinecestmoi@hotmail.fr
A : vincentalcool@hotmail.fr

Coucou mon Vincent,

Je l'ai fait, la tête haute et je me suis fait bien engueuler !

Encore deux autres notes dans ce genre et je suis privé de sortie et de mon portable.

Heureusement ils n'ont pas mentionné mon ordinateur, et tu me connais, je ne leur ai pas rappelé !

Bon, c'est une punition assez dure mais elle n'est pas encore valable alors j'ai le temps.

La prochaine note en dessous de dix, je la brûle, pour voir, faut bien que j'essaye !

Moi aussi j'ai très envie de te voir, tu crois quand ? Tu viens dans le coin bientôt ?

Je t'embrasse plus fort que la dernière fois,

Ton Albina pour la vie.

De: vincentalcool@hotmail.fr
A: albinecestmoi@hotmail.fr

Salut ma belle,
Je suis fier de toi, bravo. C'est cool. Pas cool la punition, mais bon, tu n'as pas eu dix coups de bâtons. Ce que mon père m'a réservé un jour quand j'avais quatorze ans et que j'ai ramené un trois sur vingt en maths ! Alors depuis ce jour, je n'ai ramené plus aucune mauvaises notes qui finissaient dans la cheminée quand mes parents avaient le dos tourné, ce qui je t'assure, arrivait très souvent !

  Et quand le bulletin arrivait, comme j'étais quasi tout le temps seul, je le prenais dans le courrier (quand il ne le donnait pas en main propre), le trafiquait et leur remettait.

Comme mon père était saoul tous les soirs, je lui donnais un de ces soirs là et il ne voyait que du feu.

Voilà, aussi simple mais pas aussi simple, ça ne marchait pas à chaque fois, et quand mon paternel s'en apercevait qu'est ce que j'en prenais ! Mais à force je m'y étais habitué et j'arrivais même à ne plus pleurer !

Bon, je te laisse, j'ai sommeil,
Je t'embrasse plus fort que tu n'as jamais imaginé,
Ton Vinc.

De : underline albinecestmoi@hotmail.fr
A : vincentalcool@hotmail.fr

Salut mon Vinc,

Il est ignoble ton père, rien de penser à lui, je le déteste, tu as dû être bien malheureux quand tu étais jeune, comment tu faisais ? Tu ne te plaignais jamais ? Personne ne s'en est aperçu ?

Moi je compatis et je souffre avec toi. Ca m'a retourné le cœur. Un père qui n'est pas fait pour être père !

Et toi, tu ne serais pas comme ça, dis ?

Aimerais-tu avoir des enfants ?

Moi j'en voudrais plein !

Désolé, je m'emporte là,

Gros bisous,

Ta Albina.

De: vincentalcool@hotmail.fr
A: albinecestmoi@hotmail.fr

Salut ma Bella Albina,
Ne t'en fais pas pour moi, quand j'ai eu dix sept ans j'ai fui
mes parents, j'ai loué un p'tit appart et j'ai travaillé.
C'est exactement à ce moment là que je t'ai rencontré, la vie
m'a porté chance malgré tout, tu vois.
J'ai oublié tout ce que m'a fait mon père, je lui ai pardonné
en quelque sorte.
Non, ne t'en fais pas je n'ai pas l'intention d'être comme lui,
si j'avais des enfants.
Tant mieux, si tu en veux plein !
Mais attends quelques années et on en reparlera si tu veux !
En tout cas, pas avant que tu aies dix-huit ans, d'ici là, tu as
le temps de réfléchir.
A un autre mail tu m'avais demandé si je passerais dans le
coin mais désolé pas pour le moment. Mais ça va pas tarder,
ne t'en fais pas ! J'y pense tous les jours !
Je pense à toi,
Je t'embrasse,
Ton Vinc pour la vie.

Chapitre trois

Ce matin est pénible et il faut que je me dépêche pour arriver en cours. J'ai eu du mal à me réveiller. J'arrive pile poil à l'heure grâce au sprint que je viens de faire et entre même dans la salle avant que le prof arrive. Tandis que j'entre dans la salle où le prof n'est pas encore là, j'aperçois Alex déjà assis. Il relève la tête quand j'entre et me fait un signe. Comme je m'assois à côté de lui, il me chuchote :

- Faudra que j'te dise un truc.

- Quoi ?

Le prof arrive et nous demande de nous taire alors le cours se fait silencieusement et on attend donc le midi pour se parler.

- J'ai cassé avec Alice.

Je le regarde en cachant un sourire.

- T'es contente, hein ?

- J'ai pas dit ça.

- Non mais tu souris à moitié.

- Hé, même pas vrai. Bon désolé, et pourquoi vous avez cassé ?

- Parce que c'est qu'une cruche.

Pour le coup, je ne peux pas m'empêcher de rire alors il me regarde en haussant les épaules.

- Pff, tu peux pas comprendre, tu sors avec personne toi.

Je lui dis avec un sourire en coin :

- Hé, qu'est ce que t'en sais ?

- Hein ? Et avec qui ?

- Vincent.

Mince, je n'ai pas pu m'en empêcher ! Quelle bécasse !

- Qui ? Je connais ?

- Non, il est pas au lycée.

- Ah et tu l'as rencontré où ?

Alex est mon meilleur ami alors je n'ai pas pu résister de ne pas tout lui raconter.

- Je l'ai rencontré sur Internet et il est super sympa.

- Sur Internet ? me dit-il d'un air hésitant.

- Oui.

Je souris d'un petit sourire au coin avant qu'il ne rajoute :

- Et ? Tu te fous de moi, n'est ce pas ?

- Ben, non, pourquoi ?

- Albine, je te connais depuis qu'on a cinq ans. Tu sais que je déteste tout ce qui a à voir avec Internet. Je sais que tu t'es ouvert un compte sur facebook quand t'avais treize ans et tu sais très bien que je t'ai fait la gueule pendant près de deux semaines, tu t'en souviens pas ?

Je le regarde sans rien dire alors il continue :

- Et tu comptes le voir ? Tu l'as déjà vu au moins ? me dit pas que tu sors avec lui sans jamais l'avoir vu !

Je lui réponds en croisant les bras et en marmonnant :

- Bah, j'te l'dis pas, alors.

- Albine, sérieux, t'es plus une gamine ! Fais ce que tu veux mais fais pas de conneries ! Je tiens à toi au cas où tu n'aurais pas remarqué.

Comme je ne réponds pas, il rajoute :

- Et comme je te connais, je sais aussi que tu ne changeras pas d'avis alors raconte moi ce que tu sais de lui. Il s'appelle comment déjà ?

- Vincent, il a dix-sept ans et il est vraiment trop sympa. Il est cool et très gentil. Il travaille.

- Où ?

- Dans un magasin de matériaux je sais pas trop quoi.

- Ah, génial. Et sérieux, tu le vois ?

- Nan, mais bientôt oui.

- Ok, ok !

- Bon, parlons d'autres choses, de toi ?

- Quoi moi ? On a rien à dire de moi.

- Bon, tu me pardonnes ?

- Si je te pardonne ? A voir.

- S'te plait Alex, t'es mon meilleur ami et tu sais très bien que je ne peux pas m'empêcher de tout te raconter, alors arrête de me faire la tronche. Je partage ma vie avec toi, je n'ai aucun secret pour toi. Et puis, j'aime pas quand on se fait la tête. C'est nul !

Il lève les yeux au ciel.

- C'est nul ? Et si je te dis que je tiens à toi beaucoup plus que tu ne le penses, c'est nul ?

Je hausse les épaules.

- Bah non c'est pas nul.

- Bah alors comprend moi : S'il t'arrive un truc, hein, je fais quoi moi ? Je vais fleurir ta tombe ?

- Oh, mais tu te calmes, il n'est pas question de ça, c'est pas parce je sors avec un mec que tu connais pas que c'est la fin du monde !

Il soupire et déclare d'un ton ferme et fatigué de cette conversation :

- Tu ne comprends rien.

Je n'ai même pas envie de répondre.

Il se lève et me demande d'un geste de la tête si je veux le suivre. Je me lève à mon tour. Nous débarrassons donc nos plateaux et sortons en plein air. Il y a du vent et je frissonne un peu.

- Tu veux qu'on rentre ? me demande Alex.

- Nan, c'est bon.

J'aperçois Arianna de loin entouré d'une bande de filles. Mince, je viens de me rappeler que je lui avais promis de manger avec elle ce midi. Tant pis, elle n'a pas l'air d'y avoir pensé non plus !

Ma poche vibre. Non, pas ma poche, mon portable.

De Vincent :
Tu fais quoi ce soir ? Je sors plus tôt, je pourrais venir te voir.

A Vincent :
Je finis le lycée à seize heures trente. Rendez-vous devant le café dans la rue d'à côté ?

De Vincent :
Ca marche. Tiens toi prête. A ce soir.

Pff, déjà. Bizarre, en un sens je suis soulagé d'enfin le voir en vrai mais en même temps je stresse un peu à cause de la discussion avec Alex.

Et puis tant pis, qu'est ce qu'il y connait lui ?

Je le connais Vincent. Je sais tout de lui. Il a un fond bon. Il est gentil et ne ferais jamais de mal à une mouche.

Je suis bien placé pour dire ça, je suis sa petite amie.

J'envoie un texto à ma mère pour lui dire que ce soir je révise avec une copine.

Les cours reprennent l'après-midi et j'avoue ne pas suivre du tout, j'ai la tête ailleurs, m'imaginant notre rencontre.

Elle sera magique et dès que nous nous verrons nous saurions que c'est nous. Et personne ne nous en empêchera. Il sera habillé comme un gentleman et me parlera avec grâce et douceur.

Enfin, la sonnerie retentit.

Je me lève en me hâtant de ranger mes affaires et tandis que je passe devant Alex sans lui dire un mot, perdu dans mes pensées, il m'interpelle :

- Hé, tu m'ignores ou quoi ?

- Pourquoi tu dis ça ?

- Au revoir, non ? Pff, laisse tomber, t'as la tête ailleurs avec ton mec, tu penses tellement à lui que t'en oublie ton meilleur ami ! T'as rien dit de tous l'après-midi et je n'arrêtais pas de te regarder mais tu étais plongée dans tes pensées.

Je m'étais arrêtée net en l'entendant dire cela. Je ne savais pas quoi dire. C'est vrai que ma tête était remplie à ras bord de pensées pour Vincent.

- Mais je ne t'oublie pas. T'es toujours mon meilleur ami mais justement puisque tu l'es, tu devrais comprendre que je suis amoureuse.

- Et alors ? Etre amoureux rend con ?

- Oh, faut que tu te calmes ! Juste parce que t'as cassé avec Alice, bah pas moi !!! Je l'aime, il m'aime et voilà !

- Peut-être, mais tu oublies que l'amour n'est pas virtuel ! t'es au courant ?

Sur ce, je le laissais sans lui répondre et quittais le lycée.

Voilà, pour le coup, il est jaloux, cette fois c'est moi qui suis en couple et lui non.

Ce n'est pas comme d'habitude alors ça le perturbe.

M'en fous, moi !

Pour une fois que je suis en couple ! D'habitude, c'est toujours lui qui a toutes les filles de l'école à ses pieds ! Alors je ne vais pas dire non à mon beau Vincent pour faire plaisir à Alex.

Chapitre quatre

Je marche sans regarder où je vais. Les larmes me remplissent les yeux. Je me les essuies vite et essaye de penser à autre chose. Je m'assois sur un banc devant le café en soufflant et en regardant devant moi. Il y a un arbre, un chêne qui m'avait fascinée quand j'étais petite à cause de sa taille. Une fois, Alex, sur un pari, avait essayé de grimper sur cet arbre. Il avait dépassé la quatrième branche et avait glissé. Il s'était retrouvé les pieds dans le vide et les deux mains accrochées à une branche. Mais il s'était vite retrouvé par terre sur les fesses la branche dans les mains. Nous avions onze ans et nous étions prêts à tout genre de bêtises. Le pire, c'est que comme Alex n'avait pas eu une égratignure à part un bleu sur la fesse nous avions recommencé deux jours après sur le même arbre. Mais cette fois ci nous n'avions pas pu monter très loin car le patron du café nous a vite détournés de cette idée en nous ordonnant d'arrêter de suite sous peine de représailles. A l'époque, nous ne savions même pas ce que ça voulait dire. Mais nous sommes partis en courant. J'entends un bruit de porte s'ouvrir sans tout autant me faire sortir de mes pensées. Mais une voix me fait sursauter :

- Albine ?

Je me retourne et je le vois. Lui.

- Vincent ?

Il sourit puis vint s'assoir à côté de moi.

- Salut.

- Salut.

- Tu vas bien ? Je suis content d'enfin te voir, tu es magnifique.

- Merci, ça va. Moi aussi je suis contente de te voir.

- Ca te dit qu'on aille marcher un peu ?

- D'accord.

Il se lève, prend mon sac sur son épaule et me prend la main.

Il a une main douce qui me fait battre le cœur à cent à l'heure. J'ai l'impression qu'il va exploser.

Il m'emmène dans une petite rue où il n'y a personne.

Il me plaque contre un mur et commence à m'embrasser.

- Ca fait tellement longtemps que j'attends ce moment, soupire-t-il entre deux baisers.

Je le laisse faire, c'est bon.

Il m'embrasse le cou tandis qu'une de ses mains est passée sous ma jupe.

- S'te plait, doucement, dis-je en le suppliant.

Il retire sa main de sous ma jupe et arrête de m'embrasser.

- Ah, désolé… T'as peut-être pas l'habitude.

- Euh, non, désolée, c'est la première fois qu'un garçon m'embrasse de cette façon.

- Désolé.

- Non, pas grave.

Il me prend la main une seconde fois et joue avec mes doigts.

- T'as des doigts fabuleux.

Je souris après avoir rougi alors il me caresse la joue de son autre main.

- Tu m'aimes toujours ? me demande-t-il.

- Evidemment.

Il m'embrasse doucement pour un seul baiser. Je ferme les yeux et lui en redemande d'autre.

Il me donne un autre baiser puis me dit :

- Non, pour ce soir c'est tout, t'as faim ? Moi je meurs de faim.

- Ouais, un peu.

- Viens, je t'invite.

Il me reprend la main et m'emmène dans un petit café, pas le même où j'étais assise tout à l'heure et où (je ne savais pas) sert aussi de la nourriture. Ils vendent des sandwichs et des pizzas, enfin, selon les jours. Aujourd'hui le plat du jour est calzone.

Wouah, c'est quand la dernière fois que j'en ai mangé ? Ca remonte à tellement loin que je ne m'en souviens pas. Ca remonte à environ huit ans, un truc dans ce genre.

Vincent commande donc deux calzones.

En les attendant, il ne me quitte pas des yeux, c'est assez déstabilisant. Un moment, je me retourne et j'aperçois Martin, un garçon de ma classe. Ah, que le monde est petit. Il m'aperçoit aussi et m'adresse un salut de la main.

Il est en compagnie d'une fille, je crois du lycée, mais je ne suis pas sûre.

Je me retourne et me retrouve en face de Vincent qui me regarde en levant un sourcil. Il me fait rire intérieurement mais ce que je me dis intérieurement aussi, c'est que pendant deux minutes je l'avais légèrement oublié, mon esprit étant allé du côté de chez Martin. Non pas du côté de chez Swan mais celui de Martin.

C'est ça que je suis en train de me dire quand Vincent me prend la main que je laissais trainer sur la table et me demande :

- Euh… Ca va ?

- Ben oui, je lui réponds sur un ton hésitant.

- T'as l'air bizarre, c'est d'être avec moi ? Ca te perturbe ?

- Non, pas du tout, t'inquiète pas. Je suis vraiment heureuse d'être avec toi, c'est juste que mon rêve enfin se réalise, alors ça me laisse toute chose…

- Toute chose ? dit-il en rigolant, bah tant mieux !

Nos calzones arrivent et nous mangeons avec appétit.

A la fin du repas, il paye et nous sortons dehors, il fait presque nuit et un léger vent nous caresse. Il me prend les deux mains dans les siennes et me dit :

- Je suis vraiment très content d'avoir passé cette soirée avec toi. Maintenant je dois te laisser.

- Déjà ?

- Ben oui, j'ai des choses à faire.

Je lui retiens la main et tandis qu'il me caresse les cheveux il me chuchote :

- Ne t'en fais pas, on se reverra bientôt promis.

- Je t'aime Vincent.

- Moi aussi, je t'aime mon Albine.

Il me sourit une dernière fois puis part après m'avoir dit à bientôt.

Je suis maintenant toute seule dans cette rue mais je suis heureuse.

Heureuse à en mourir.

Vous n'avez jamais ressentie cette envie de « mourir de plaisir » ? Bah moi, je le ressens à cet instant.

Je ramasse mon sac tombé à terre et je songe à rentrer chez moi.

Je marche toute seule en allant chez moi, il fait presque nuit, c'est l'automne et la nuit tombe très vite dans notre région. Je prie pour que mes parents ne soient pas encore rentrés. Ces temps ci –allez chercher pourquoi- mes parents rentrent plus tôt que d'habitude.

Je trouve mon frère vautré dans le canapé en train de bouffer des pops-corns.

- Salut, frangine !

Je marmonne un salut et après avoir lancé mon sac à dos par terre je m'affale à côté de lui sur le canapé.

- Ils sont où les parents ? je lui demande.

- Pas encore rentrés ! me répond-il la bouche pleine.

Je sors mon portable pour envoyer un message à Vincent :

J'ai hâte de te revoir, tu me manques déjà.

De Vincent :
Toi aussi tu me manques, t'inquiètes pas, on se reverra, tu peux compter là-dessus.

A Vincent :
Heureusement que t'es là, tu fais quoi toi ?

De Vincent :
Je rentre chez moi, je suis dans le train là.

A Vincent :
T'es venu par le train exprès pour me voir ?

De Vincent :
Bah ouais, j'avais aussi un truc à faire dans le coin.

A Vincent :
Ok ! <3

Je me lève pour prendre une douche et je finis la soirée dans ma chambre.

Le lendemain, le lycée se passe calmement, sans que j'adresse franchement la parole à Alex, je lui en veux toujours pour ce qu'il m'a dit et je rentre chez moi sans trainer, mes parents ne sont pas encore rentrés... comme la veille.

Je file prendre une douche, je veux être toute seule sans croiser mon frère qui est comme d'hab., comme tous les soirs devant la télé.

Je prends une douche bouillante et passe un pyjama rose avec des fleurs vertes. Pas très soirée, j'en conviens mais c'est un pyjama, quoi. Je me sèche les cheveux avec le sèche-cheveux de ma mère. Il est bleu avec des cœurs orange. A chaque fois que je le vois je me demande où elle l'a acheté n'en n'ayant jamais vu de pareils. Je sors de la salle de bain, la porte sonne.

Comme je suis plus près de la porte d'entrée que mon frère et que de toute façon comme il sait que je suis là il ne va pas se lever, je vais ouvrir. Quelle ne fut pas ma surprise en voyant mon meilleur ami sur le pas de ma porte.

- Euh… Salut, commence t-il.
- Salut.

- Tout à l'heure on s'est pas quittés en très bon terme alors je tenais à me racheter. Ca te dirait de venir diner chez moi ce soir ? Mes parents sont sortis.

- Si tu me laisses trente secondes je suis à toi.

Je cours à l'intérieur enfiler un jean et un tee-shirt et lance à mon frère toujours dans le canapé :

- Marc, je vais diner chez Alex ce soir.

- Ah bah tranquille ! Ok, je me sacrifie pour toi pour le dire aux parents.

- Ouais c'est ça, merci !

Je cours une seconde fois pour aller jusqu'à la porte d'entrée où Alex m'attend toujours. Je lui en voulais, c'était vrai, mais je pardonne facilement si ça vaut le coup, je suis comme ça !

- Je suis à toi !

- Génial ! Mais t'aurais pu garder ton beau pyjama !

- A condition que tu mettes le tien. Celui avec des chiens dessus !

- Euh… Non merci, pas que je n'aime pas Volt mais tout de même !

Nous rions comme deux enfants.

Je dis :

- Bah mon père a bien un pyjama avec des oies dessus !

- des oies ? Pas de bol ! Pour le coup je préfère les chiens !

Je le suis jusqu'à chez lui, je la connais par cœur sa maison, j'y suis allée jouer avec lui je ne sais combien de fois lorsque nous étions petits et puis réviser lorsque nous étions au collège. Nous entrons et ne voyant personne je lui demande :

- Tes parents ne sont pas là ?

- Sortis, je te l'ai déjà dit tout à l'heur,e me répond-il, puis en ouvrant ses bras, nous avons la maison à nous deux.

Dans la cuisine, ça sent drôlement bon : Poisson frit avec des pommes de terre sautées. Mon plat préféré.

- Oh, Alex, t'es trop sympa !

- Bah les meilleurs amis c'est sensé être trop sympa non ?

Le repas était délicieux et tandis que je lui fais remarquer, il me dit :

- Alors comment ça s'est passé ?

- Comment s'est passé quoi ?

- Bah tu l'as pas vu ton mec ?

- Comment tu sais ça ?

- Je vous ai vus devant le café hier, on peux pas te louper avec ton décolleté à paillette !

- Bon ok ! Ca s'est super bien passé c'était génial.

- Ok, ok, tant mieux.

Il se lève et va chercher le dessert.

- Je peux t'aider ? je lui demande.

- Non, toi tu restes assise !

- Ok, ok !

Il revint avec deux petites assiettes avec dans chacune une part de tarte aux fraises. Aussi un de mes desserts préférés.

- Mais on fête quoi, là ?

- Notre amitié, très chère.

- Ah… Merci.

J'avais pensé pleins de choses désagréables sur mon meilleur ami mais toujours à tort. De nous deux, c'est lui le plus sage, c'est lui qui me réprimande quand je fais une bêtise dont que lui est au courant.

Comme quand j'avais treize ans, il a raison, je m'étais ouvert un compte sur facebook seulement parce que mes copines en avaient un. Et quand il l'avait su –quand je fais un truc je ne peux pas m'empêcher de tout lui raconter je suis comme ça– il avait d'abord tenté de m'expliquer que je devais l'effacer et comme ça ne marchait pas et qu'il savait que ça finirait mal, il me fit la tête pendant deux semaines.

Ne pouvant le supporter, je lui avais juré que je l'avais fermé, car je savais qu'il n'irait pas vérifier.

Alors il me pardonna et nous sommes redevenus inséparables.

Mais je n'avais pas fermé mon compte et c'est là que j'ai rencontré Vincent. Sur facebook.

Chapitre cinq

Toute seule, assise dans mon lit, je réfléchie, je me souviens. Je ne sais pas pourquoi mais un souvenir me trotte dans la tête depuis tout à l'heure et qui me laisse heureuse :

J'ai cinq ans et c'est le jour de la rentrée de grande section. Ma mère m'y a laissée et je pleure toute seule dans un coin de la cour.

Un garçon s'approche de moi et me tend la main. Je le regarde en m'essuyant les joues et je découvre un bonbon à l'intérieur de sa main.

- T'aimes la fraise ?

J'hésite mais réponds quand même :

- Oui.

Il secoue son bonbon sous mon nez et je finis par l'attraper. Je l'ouvre et l'enfourne dans ma bouche.

- Merchi !

Il s'assoit à côté de moi et me dit de sa petite voix d'enfant :

- Pourquoi tu pleures ?

- Parce que j'aime pas l'école.

- Et pourquoi t'aimes pas ?

- Ché pas. J'aime pas.

- Moi j'aime bien, c'est cool, t'as plein de copains et tout. Mais t'étais pas là l'année dernière ?

- Nan, j'suis nouvelle !

- Bah t'as pas d'amis alors ?

- Bah non.

Et je me remets à pleurer.

Il sourit et me dit :

- Tend la main !

Je m'exécute sans poser de question.

Il me tape dans la main et s'exclame :

- T'as un pote !

- Tu t'appelles comment ?

- Alex et toi ?

- Albine.

- Enchanté, Albine mon amie !

Il y a cinq minutes je pleurais mais à présent je riais. Quand la cloche sonne, j'avais un nouvel ami que je ne quitterais pas de toute l'année et bien encore des années plus tard.

Voici ma rencontre avec Alex qui était devenu à partir de ce jour mon meilleur ami.

Ce souvenir s'estompe pour faire place à un autre.

Cette fois-ci j'ai onze ans. Alex et moi entrons en sixième. La première année du collège. Je suis affreusement stressée et Alex, lui est calme comme un… Je ne sais pas quoi, en clair j'étais mal et lui était zen à me faire peur.

- Comment tu peux être aussi calme ?

- Et pourquoi tu es aussi agaçante toi ?

- Mais j'ai peur moi !

- Peur de quoi ? D'un grand établissement ? De pleins de personnes qu'on ne connait pas ? Ouais et alors, d'ici une semaine on connaitra tout le monde de notre classe et puis voilà.

- Oui mais y'a plein de nouveaux profs et pleins d'élèves. On est petit et y'a des grands.

- On n'est pas petits on est jeunes nuance ! Et puis si t'as peur t'as qu'à rester avec moi, ok ?

- Evidemment, je n'avais pas besoin que tu me le dises. Je n'ai pas l'intention de te quitter d'une semelle pendant le mois à venir.

J'avais hésité devant la grande grille du collège et Alex m'avait tendu sa main. J'ai posé la mienne à l'intérieur et nous sommes entrés main dans la main. Tout s'est bien passé mais je ne voulais pas passer cette épreuve –qui en était une pour moi- en me passant de mon meilleur ami. Je crois que s'il avait été malade ce jour là, j'aurais fait semblant de l'être aussi pour retarder le jour de la rentrée pour être en sa compagnie.

Heureusement comme je l'ai déjà dit en sixième nous étions ensemble ce qui me rassura énormément.

C'est peut-être idiot comment des gens peuvent être attachés à d'autres personnes.

C'est mon meilleur ami et je tiens énormément à lui. Il m'a beaucoup aidé depuis qu'on se connait et me rassurait pour tout. Parfois on se disputait mais, n'y pouvant plus, il y avait forcément un de nous deux qui revenait vers l'autre. Et l'autre le pardonnait facilement avec un sourire.

Chapitre six

De : albinecestmoi@hotmail.fr
A : vincentalcool@hotmail.fr

Coucou,

Ca va Vincent ?

Pour la réponse à mon frère, il sort avec une fille que je ne connais pas mais en même temps à mon avis, il n'est pas prêt à me le présenter car –je pense- qu'il n'est pas sûr que c'est la bonne.

Comment ne pas être sûr que ce soit le bon ? Quand on aime c'est sûr que c'est le bon non ?

Moi, je t'aime et je sais que tu es le bon.

C'est quand déjà ton anniversaire ? Je viens de me rendre compte que je ne le savais pas. Tu te rends compte ? Toi, tu le sais quand moi je suis née.

Tu me manques,

Celle qui t'aime, Albine

De: vincentalcool@hotmail.fr
A: albinecestmoi@hotmail.fr

Mon Albina, Ma Bella,
Moi ça va et toi ?
T'as qu'à t'en foutre pour ton frère, qu'est ce que ça fait avec qui il sort ? T'occupe pas de savoir qui c'est, s'il ne veut pas te le présenter, il y a peut-être des raisons ou peut-être tout simplement qu'il n'est pas prêt et qu'il attend d'être sûr pour le présenter à sa famille. Quoi qu'il en soit, tu ne dois pas t'inquiéter, si je ne m'abuse, tu n'as pas parlé de notre relation à tes parents ? Et tu as raison, attends un petit peu qu'on se voit plus souvent et ils comprendront mieux.
Je comprends ta question : Comment être sûr que ce soit le bon ?
Certaines personnes sont sûres et d'autres beaucoup moins. Cela dépend des relations.
Enfin, bref, là ce sont des questions philosophiques, tu es en seconde, attends donc d'être en première et en terminale pour te poser ce genre de questions ! Dis-moi, tu veux être philosophe plus tard ?
Bon, je dois te laisser, a+
Vinc.

De : albinecestmoi@hotmail.fr
A : vincentalcool@hotmail.fr

Mon Vinc,

Ca va. Bien sûr que je m'en fiche de mon frère.

Eh non, tu le sais bien, je n'en ai pas parlé à ma famille.

Non, je veux pas être philosophe !

Je ne sais pas vraiment encore, ce que je veux, je passe mon bac et je vois après !

Toi tu rêvais de faire quoi ? Ou tu rêves de faire quoi ?

Moi quand j'avais six ans, je rêvais d'être danseuse professionnelle. A onze ans, je voulais devenir pompier et à treize ans, je voulais travailler avec les chevaux.

Plein de rêves pour une seule personne. Mais souvent un seul rêve est possible, quoi que…

Je t'embrasse,

Ta Bella.

De: vincentalcool@hotmail.fr
A: albinecestmoi@hotmail.fr

Bella,

C'est ton choix si tu ne veux pas être philosophe pourquoi pas savant ? Oui, je sais ce que tu vas me répondre, alors oublie ça ! Je retire ce que j'ai dit !

Tous les enfants ont des centaines de rêves !

Quand j'étais qu'un gosse, je voulais devenir gendarme pour avoir une arme sur moi, j'étais fan des pistolets, des armes, des trucs dangereux, quoi !

Mais bon, une autre voix s'est ouverte à moi et voilà.

Je sais ce n'est pas très intéressant.

Désolé,

Je dois te laisser,

Ton Vinc,

De : albinecestmoi@hotmail.fr
A : vincentalcool@hotmail.fr

Vinc,

Mais je n'ai rien dit ! Je ne t'en veux pas !

Gendarme, c'est bien peut-être que tu peux toujours réaliser ton rêve il n'est pas trop tard. Il ne faut pas renoncer.

Et tu es très intéressant.

Tu n'as pas le droit de dire ça !

Rien ne m'intéresse au lycée, je suis seule, je n'ai pas d'amis et toi tu es là, toujours là, tu m'intéresse et je peux te dire que pas beaucoup de personne m'intéresse comme toi.

Pense à moi,

Ta Albina.

De: <u>vincentalcool@hotmail.fr</u>
A: <u>albinecestmoi@hotmail.fr</u>

Ma Albina,
Sois pas comme ça, tu n'es pas seule, pas seule au monde, il y a plein de gens sur terre.
Tu ne m'as pas dit que tu avais un meilleur ami ?
Ce n'est plus ton « meilleur » ?
Bah c'est pas grave tu sais, tu en verras d'autres.
Le boulot est dur cette semaine je suis épuisé.
Alors excuse moi si je ne t'envoie pas de mail tous les jours, je me couche assez tôt, je ne t'oublie pas.
Je t'embrasse,
Ton Vin, avec ou sans alcool ?

De : albinecestmoi@hotmail.fr
A : vincentalcool@hotmail.fr

Mon Vin, sans alcool, s'il vous plait.

Oui, je sais je ne suis pas seule au monde. Je sais.

Oui, Alex est toujours mon meilleur ami. Mais on s'est quelques fois disputés ces temps ci. Mais bon, après on se réconcilie à chaque fois, alors on oublie. Mais il travaille beaucoup, révise pour le lycée. Beaucoup plus que moi en tout cas, alors forcément on se voit moins. Lui, il veut devenir avocat, et je suis sûr qu'il y arrivera, il va aller à la fac faire des études et il a de grandes ambitions. C'est cool pour lui. Il a toujours eu ce rêve et il ira jusqu'au bout, comme tout ce qu'il entreprend.

Ah la la, c'est un sage garçon, lui. Moi je ne suis pas sage, je n'aime pas travailler et je n'ai pas d'ambitions, mon père m'agace assez avec ça. « Pourquoi tu ne voudrais pas avoir de belles ambitions comme ton ami Alexandre ?» « Parce que c'est très bien pour lui, mais moi je ne veux pas devenir avocate ! » « Je ne te demande pas de devenir avocate, mais de vouloir quelque chose ! »

Et c'est comme ça à chaque fois.

Je t'embrasse,

Ta Bella Albina,

De: vincentalcool@hotmail.fr
A: albinecestmoi@hotmail.fr

Ma Belle Albina,
Ma pauvre petite, papa n'est pas gentil avec toi !
Je te comprends, ne t'inquiète pas. Ca passera.
Bah c'est cool pour ton ami, Alexandre, je vois qu'il a de grandes ambitions. Et il travaille dur ! Bravo à lui ! J'espère aussi qu'il y arrivera.
Je m'excuse encore une fois pour ne t'envoyer qu'un mail par semaine mais tu sais que ce n'est pas facile de caser du temps et puis parfois quand j'en ai, c'est mon ordinateur qui ne veut pas s'allumer --'
Et puis sur mon portable j'ai pas internet alors voilà ! Cool ! (ironique)
Je te laisse, en t'embrassant pour toute la semaine,
Ton Vin (t'as raison sans alcool)

De : albinecestmoi@hotmail.fr
A : vincentalcool@hotmail.fr

Vincent,

J'adore ce prénom, même si dedans il y a « vin » et que je déteste le vin !

Oui, je pardonne tout de même à mon père.

Oh oui, un grand bravo pour Alexandre le Grand ! (ironique) Je t'excuse mille fois parce que tu n'as pas le temps, je sais bien que ce n'est pas de ta faute. Et quel malheur, pour ton ordinateur ! Moi non plus je n'ai pas internet sur mon portable. C'est triste mais mes parents ne veulent pas. Ils ne veulent pas que j'ai le dernier portable où il y a internet alors je me contente de celui que j'ai.

Je te laisse en attendant impatiemment ton prochain mail,

Ta Albina.

De: vincentalcool@hotmail.fr
A: albinecestmoi@hotmail.fr

Ma Albina chérie,

C'est bientôt Noël, j'aurais aimé qu'on puisse se voir pour ce jour là mais je suis obligé de te dire que ce n'est pas possible. Je sais ça craint.

Et tu dois m'en vouloir à force, c'est toujours moi qui nous empêche de nous voir…

Je sais, je suis un piètre petit ami. Tu peux en changer si tu veux, je comprendrais… (snif) (je pleure là)

Donc je te dis à bientôt, enfin, j'espère…

Ton Vinc qui t'aime.

Ps : La prochaine fois on pourra se voir avec la webcam, je m'en suis acheté une autre. Fais-toi belle pour moi !

De : albinecestmoi@hotmail.fr
A : vincentalcool@hotmail.fr

Mon Vincent,

Non, je ne t'en veux pas, comment pourrais-je ?

C'est vrai, j'aimerais bien qu'on se voit plus souvent.

Mais je comprends et je te pardonne volontiers.

Non, tu n'es pas un piètre petit ami, tu es un méga giga grand petit ami (ça te va ? Tu veux que j'en rajoute ?)

Et pour rien au monde je voudrais en changer, tu te rends compte de ce que tu dis ?

Je suis très fâché là (ironique là aussi)

A bientôt. Je t'aime horriblement.

Je rêve de toi la nuit.

Ton Albina à qui tu lui manques.

Ps : Génial pour la webcam !

Chapitre sept

Nous sommes Noël, c'est les vacances et nous avons déjà ouvert nos cadeaux de Noël. Marc, mon frère m'a offert un baladeur, ça faisait un bout de temps que j'en voulais un. Moi je lui ai offert une trousse avec une grosse tête de chien dessus. Bah quoi ? Il ne pourra pas aller au lycée avec ça ? Pour me faire pardonner je

lui ai aussi offert un paquet de bonbon. Mes parents m'ont offert un nouvel ordinateur, l'autre était fichu. J'ai offert à mes parents un set de bougies de toutes les couleurs et de toutes les formes.

J'ai reçu un autre cadeau emballé dans un petit cadeau de papier doré.

Un collier d'une moitié de cœur. J'ai tout de suite pensé à Vincent.

Je l'ai observé de plus près, vraiment magnifique et à l'intérieur est marqué, gravé :

« A ma meilleure amie, forever »

Oh, ce collier, cette moitié de cœur est tellement mignon, que ça me touche beaucoup.

Il avait pensé à moi, son cadeau, une cravate orange et verte, reposait encore dans mon armoire emballé d'un petit papier bleu.

Moi, j'ai l'intention de lui offrir un cadeau nul.

Alors je me mets à pleurer malgré moi. Sauf que évidemment je suis en plein milieu de la rue, je m'étais rendu compte du paquet dans mon sac en voulant prendre une bouteille d'eau.

Je pleure car c'est un cadeau magnifique et que le mien que je voulais lui offrir n'est pas aussi précieux.

Une cravate orange et verte. Ca c'est parce que l'autre jour, il s'est ramené avec un costard cravate rose avec des chaussures violettes qu'il avait dégoté dans l'armoire de son grand père. Ca m'avait fait rire. Toute la semaine des vacances, on se voyait tous les jours et il s'habillait tous les jours différemment et drôlement, tout en couleurs et à chaque fois il espérait me faire rire.

Alors je voulais lui offrir une cravate drôle aussi.

Mais à présent je me rends compte que c'est un cadeau idiot.

Lui, il a pensé à un truc magnifique que je porterais toujours sur moi.

Je continue de pleurer et une voiture klaxonne, je me mets sur le bord et m'assois sur un banc.

Je voudrais m'arrêter de pleurer mais je n'y arrive pas, mes larmes coulent toutes seules sur mes joues.

Quelqu'un s'assoit à côté de moi, je tourne la tête de l'autre côté et une main passe par-dessus mes épaules.

- Hé, Albine, pourquoi tu pleures ?

Je relève la tête et m'aperçois que c'est Alex.

Il aperçoit son cadeau toujours dans mes mains et me demande :

- C'est mon cadeau qui te fait pleurer ? S'il ne te plait pas, je t'en donnerais un autre.

Je m'essuie les joues et c'est à ce moment que je m'aperçois comment il est habillé :

Il porte une doudoune vert pomme, un bonnet orange avec un pompon bleu. Un pantalon jaune avec des bottes en caoutchouc blanches avec des fleurs de toutes les couleurs. Il est tellement ridicule que je ris sans m'en rendre compte. Quand mes yeux se posent sur son cou, la moitié d'un cœur, je pousse une exclamation.

- Hé, Albine, qu'est ce que tu as ? Un coup tu pleures, un coup tu ris. Tu ne t'appelles pas Jean pourtant !

- Mais non c'est rien, c'est la façon dont tu es habillé qui me fait rire.

Il rit à son tour.

- Et qu'est ce qui te fait pleurer ?

Je m'arrête de rire et le lui explique.

Il me regarde en levant un sourcil puis lève les yeux au ciel avant de s'exclamer :

- Mais je la veux trop ma cravate, tu vas voir, je la mettrais même au lycée. Sérieux, arrête de pleurer, ça me fait trop plaisir. Orange et vert c'est ça ?

- Moui.

Il me prend mon collier des mains, se lève, fait le tour du banc, pousse mes cheveux et m'attache mon collier.

- Tu vois comme tu es belle !

Je me lève à mon tour, fais le tour du banc et serre mon meilleur ami dans mes bras.

- Merci Alex, vraiment beaucoup !

Il me serre fort et me dépose un baiser sur le front. Je le lui rends sur la joue.

- Tu le veux vraiment ton cadeau alors ? Je demande.

- Evidemment !

- Alors viens !

Je lui prends la main et l'entraine chez moi. Directement dans ma chambre, pour le bonjour avec mes parents ça sera plus tard. On rencontre juste mon frère, à qui il tape dans la main et sourit.

Je vais directement à mon armoire à vêtements et l'ouvre en grand. Je prends le paquet et lui tend.

- Mais maintenant c'est nul, tu sais ce que c'est.

Il l'ouvre, enlève son manteau, défait la fermeture de son gilet -rouge- et grâce à l'aide de mon miroir attache la cravate sans un mot mais avec un grand sourire sur les lèvres et me regarde, une étincelle dans les yeux.

- Regarde comme c'est parfait, avec mon pantalon jaune et mon gilet rouge! Merci beaucoup !

Il me serre dans ses bras une seconde fois et m'embrasse sur la joue.

- Bon ça va, j'ai compris ! Je lui dis.

Pour toute réponse, il me serre plus fort dans ses bras.

Marc passe la tête dans ma chambre restée ouverte et nous dit :

- Vous sortez ensemble maintenant ?

Je le regarde en le fusillant des yeux tandis qu'Alex lui répond en rigolant :

- T'as tout compris.

Je lui donne un coup de coude dans les côtes.

- C'est pas vrai menteur !

Marc et Alex rigolent tandis que je hausse les épaules.

- bande de gamins.

Du coup, forcément ils rigolent de plus belle.

Enfin, Marc sort de ma chambre et Alex redevient sérieux.

- Non, mais franchement la cravate me fait vachement plaisir !

- Et moi, ton collier m'a élevée au septième ciel.

- Et tu dois m'attendre pour aller au ciel!
- Crétin !
Je réfléchis trente secondes puis lui demande :
- Il y a marqué quoi sur le tien ?
- De quoi ?
- Ton collier, il y a marqué quelque chose ou non ?
Il sourit et me dit :
- Regarde !
Je m'approche de lui, et fais retourner la moitié de cœur entre mes doigts.
Sur le devant il y a marqué :
« Je suis ton meilleur ami, forever. »
Je le retourne et je m'aperçois qu'il y a marqué :
« Albine… »
- Oh ! Pourquoi y'a pas marqué ton prénom sur le mien ?
Il soupire.
- Parce qu'il y est.
- Hein ? Mais je ne l'ai pas vu.
- C'est pas parce que tu ne l'as pas vu qu'il n'y est pas !
Je prends le mien et je le retourne, la chaine est assez longue pour que je n'ai pas besoin de le détacher. Elle est assez longue mais pas trop non plus, juste assez.
Il y a bien gravé derrière :
« Ton Alex pour la vie »
J'en restais bouche bée. Décidément c'est vraiment un trop beau cadeau.
- Je me rattraperai à ton anniversaire, c'est promis !
- Y'a pas besoin, t'inquiète !
    - Si, si !

Chapitre huit

J'aimerais tellement passer Noël avec Vincent mais je comprends bien que ce n'est pas possible et je ne lui en veux pas du tout. Je suis sur mon ordi en train de jouer un jeu où je ne fais que de perdre. Je finis par quitter ce jeu ennuyant. Une sonnerie de téléphone me fait revenir à la réalité. C'est le mien et c'est un appel. Où ai-je bien pu le mettre. Je me lève en vitesse et après avoir mis sans dessus dessous mon lit avec ma couette qui est arrivée par terre, je le déniche sous mon tee-shirt. Je l'ouvre en vitesse et décroche avant d'avoir vu qui était la personne qui m'appelait.

- Albine ?

Une voix d'homme.

- Euh… Oui. Et vous ?

- Ton prince charmant.

Quoi ? Ce n'est pas la voix d'Alex et je ne suis pas sûr que ça soit celle de Vincent.

- Et qui est mon prince charmant ?

- Ton petit ami.

Je m'exclame, ravie :

- Vincent ?

- Pour te servir.

- Eh salut ! C'est cool que tu m'appelle !

- Bah ouais, j'en avais envie tout d'un coup. Je voulais te demander quelque chose. Je t'avais promis que l'on se reverrait. Ca te dirait dans les prochains jours ?

- Oui, évidemment, quand ?

- A toi de me le dire. Je voulais te proposer d'aller en boite de nuit.

- En quoi ? Mais je n'ai pas l'âge et puis même si je l'avais mes parents ne voudraient jamais que j'y aille.

- Pas grave pour l'âge, je peux te filer une fausse carte d'identité, faut juste que t'emmènes une photo de toi. Et puis est ce que tu as vraiment envie ? Est-ce que tu aurais envie de venir avec moi ?

- Oui mais mes parents… Et puis c'est le soir, ils n'accepteront jamais de me laisser sortir.

- Tu n'es jamais allée en boite de nuit ?

- Non puisque je me borne à te dire que mes parents ne sont pas d'accord.

- Est-ce-que tu peux fermer ta chambre de l'intérieur ?

- Euh… Oui, j'ai un verrou.

- Bon deuxième question : Ta chambre est à un étage ?

J'ai peur de savoir où il veut en venir.

- Ma chambre est au rez de chaussée. Pourquoi Vincent, qu'est ce que tu manigances ?

- T'inquiètes Beauté ! Ecoute ce qu'on va faire. D'abord demain soir ça te va ? Ou ce soir comme tu veux.

- Comme tu veux.

- Bon disons… Demain soir. Tu vas aller dans ta chambre au moment d'aller te coucher comme d'hab. Et tu fermes ta porte à clefs, t'ouvres ta fenêtre et tu m'attends.

- Mais…

- Mais quoi ?

- Bah, je sais pas, attends.

Je cherche un truc à redire mais je ne trouve rien.

- Bon, ça marche ou pas ?

- Quelle heure ?

- bah j'sais pas c'est à toi de me dire. Tu te couches vers quelle heure d'hab ?

- Ben vers vingt-heures ou un truc dans ce genre.

- Bon donc à demain vingt-heures. T'inquiètes si t'es un peu à la bourre, j'peux attendre. Par contre je me garerais derrière chez toi, à côté du parc. Ca marche ?

- Ca marche ! Merci, Vincent. T'es cool.

- Ouais, toi aussi je t'aime. Fais-toi belle. Allez, salut.

- Salut. Je t'aime aussi.

Je raccroche le cœur content. Ca sera la première fois que je sors en boite de nuit. Waouh ! Je suis excité malgré moi. La vache, trop sympa Vincent. Je reste un moment pensive devant mon téléphone. Je regarde ma photo de fond d'écran. C'est Alex et moi. Nous sommes mignons. J'aime bien cette photo. Ca fait un bail que je l'ai. Ca doit faire deux ans ou un truc dans ce genre. En fait, depuis que j'ai ce téléphone donc c'est ça. Deux ans.

Le lendemain arrive très vite et je suis à table en compagnie de mes parents et de mon frère. De mon frère qui n'arrête pas de jaqueter. Sur son club de basquet, du lycée, de sa copine, de son copain, de machin truc bidule. Je ne m'intéresse même plus à la conversation, me contentant de vider mon assiette. Je n'entends pas mon père qui m'interpelle jusqu'à ce que je sente une main sur mon bras, je sursaute et lève la tête.

- Albine ?

- Quoi ?

- Quoi ? Répète t-il après moi, c'est une façon de parler à son père. Je te parlais.

- Qu'est ce que tu disais ?
- Je te demandais si tu n'avais rien à nous raconter.
- Non.

Mon frère me dévisage.

- Rien de rien ? Je fais que blablater depuis tout à l'heure et toi tu ne pipes mot. Fais partie de la conversation s'il te plait.

Je m'exclame :

- Mais j'ai rien à dire !

Ma mère s'interpose :

- Du calme, Albine. Ne vous parlez pas comme ça.

Je replonge ma tête dans mes petits pois et ne dis plus un mot jusqu'à la fin du repas. Ce soir, c'est mon tour de faire la vaisselle. Je la fais en silence. Il est dix-neuf heures trente. Une demi-heure de libre, le temps parfait pour m'habiller. Je passe devant mes parents, je les embrasse et leur souhaite une bonne nuit. Ma mère me dit :

- Tu vas déjà te coucher ? Tu ne veux pas regarder les infos avec nous ?

- Oh, non merci. Je suis vraiment très crevée. Je vais lire une demi-heure et me coucher. J'ai des heures de sommeil à rattraper.

J'ai dû être convaincante car mon père me répond avec un sourire :

- Comme tu veux ma chérie, bonne nuit.

Je retourne dans ma chambre et ferme bien à verrou derrière moi. Je souffle : je n'aime pas trop faire ça mais pour passer une nuit avec Vincent je serais prête à tout. Je choisis mes vêtements et ne tarde pas à trouver :

Une robe à bretelle noire qui me descend jusqu'aux genoux accompagné de converses noires. J'hésite devant les talons mais me ravise pour choisir les converses, c'est bien plus pratique. Je me maquille légèrement et me brosse les cheveux. Je veux être belle pour ma première. Bien que personne ne va me remarquer je veux que Vincent, lui me remarque.

J'ouvre ma fenêtre en grand, sors et arrive à fermer le plus possible en la calant avec une pierre. Je regarde mon portable, il est vingt heures moins le quart. Je me poste au lieu de rendez-vous et ne tarde pas à voir une voiture s'arrêter devant moi. Je monte et la voiture se remet à rouler.

- Salut ma Albina. Tu vas bien ?

- Salut, un peu stressée mais ça va.

- Pourquoi ?

- Ben parce que je n'y suis jamais allée.

Il hausse les épaules.

- Faut bien une première à tout. Tu es déjà montée dans la voiture du mec avec qui tu sors avant moi ?

Je secoue la tête.

- Non, mais je ne voie pas en quoi cette question à un rapport avec ce soir. C'est beaucoup moins stressant de monter avec toi que d'aller dans une boite de nuit.

- Ca a un rapport puisqu'il faut une première à tout. Ce soir, tu vas danser comme une reine parce que tu as un roi comme cavalier. Allez en plus y'aura des potes à moi alors faut pas t'en faire. Ok ?

Je marmonne un ok alors il tourne la tête vers moi et m'adresse une sourire craquant qui me fait rougir.

Je suis en plein milieu de la salle entourée de gens que je ne connais pas.

De la musique à faire éclater ma tête.

Quelques verres en trop dont j'aurais mieux fait de m'abstenir.

J'ai dansé, j'ai trop tourné et mon cœur ne supporte plus.

Tout d'un coup j'ai envie de vomir. Je ne vois plus Vincent. Je ne reconnais plus personne. Je dois sortir où je vais vomir. Je sors en catastrophe, j'ai besoin d'air. Je me retrouve sur le trottoir en train de vomir. Je relève la tête, l'air frais me fait du bien. J'ai mal à la tête. Je m'assois par terre, la tête dans les mains.

- Eh Albine, ça va pas ?

Je relève la tête et aperçois Vincent. Lui que j'avais perdu il y a quelques minutes. Je constate que lui ne m'a pas perdu.

- J'avais envie de vomir.

Il pose une main sur mon épaule et me sourit avec gêne.

- Vraiment désolé. Je suis vraiment désolé. Je n'aurais pas dû te laisser boire. C'est de ma faute.

Je hausse les épaules.

- Tu ne pouvais pas savoir que je ne tenais pas l'alcool. C'est de ma faute, j'aurais dû me retenir mais… Mais j'avais envie de gouter à tout, d'être une adulte, de faire tout comme toi.

Il me caresse la joue d'une main.

- Si tes parents voient que je t'ai ramenée comme ça, ils me tuent hein ?

Je souris.

- Et pourquoi veux-tu qu'ils voient que je suis comme ça ?

Il lève les sourcils.

- Quoi ?

- Ne t'en fais, je rentre, je peux dormir quelques heures encore et demain matin avant que je vois mes parents, je file à l'école.

- Mais je… Ca m'embête de te ramener comme ça, t'es sûr que ça va aller ?

J'ai voulu lui répondre mais mes yeux se sont fermés malgré moi.

- …lbine… Albine.

J'ouvre avec difficulté les yeux mais je vois que je suis dans la voiture de Vincent alors je m'oblige à me réveiller.

- Albine, tu dois rentrer chez toi. Il est trois heures du matin.

- Mince, désolé de m'être endormie.

- Non, non, rentre vite te coucher.

Je pose une main sur la portière et me ravisant lui dit :

- Je suis vraiment désolée pour ce soir, je n'ai pas été de très bonne compagnie.

- Non, c'est moi qui m'excuse je n'ai pas su veiller sur toi comme j'aurai dû. Tu me pardonneras ?

- Evidemment. Et j'accepterais de passer une seconde nuit avec toi à condition que tu m'empêches de boire une seule goutte d'alcool.

- Promis. La prochaine fois, on aura qu'à se contenter de se promener et je te montrerai la ville la nuit, c'est vraiment merveilleux.

- J'accepte volontiers. Bonne nuit.

- Bonne nuit.

Je sors et rentre dans ma chambre, en silence. Je ferme la fenêtre sans un bruit et me fourre sous les draps sans me déshabiller, en me contentant d'enlever mes chaussures.

Je me réveille le lendemain matin au son du réveil qui, pour moi, est trop fort et sonne trop tôt. J'arrive au lycée sans accrochages avec seulement un mal de crâne carabiné. Sinon, ma nuit avait été assez cool. Assez, un peu. Vivement une nouvelle nuit en compagnie de mon petit copain pour pouvoir remplacer celle là comme souvenir.

Chapitre neuf

Une autre nuit avec celui que j'aime ne tarde pas à venir. Il me propose une sortie deux semaines plus tard. Je sors comme la dernière fois par la fenêtre de ma chambre. La première fois, mes parents n'y avaient vu que du feu ! Génialissime comme plan ! Mais je suis inconsciente, inconsciente du risque, des risques qu'il peut avoir, j'en conviens. Ca pourrait être dangereux et idiot, mais comme toujours je tente le coup. Si ça tourne mal... Je secoue la tête et chasse cette idée. J'effleure le cadeau de Noël que Vincent m'a offert : Un bracelet ravissant où est accroché un petit cœur en argent avec gravé à l'intérieur mon prénom. Je reste un instant devant ma fenêtre, à respirer cet air frais. La nuit, ce n'est pas pareil. Le paysage est le même mais pourtant il change. C'est beau. Je m'accroupis et respire une fleur après l'avoir cueillie. Je la lâche et l'écrase d'un pied ferme. Je shoote dedans. Tout ce qui naît meurt ensuite. C'est le destin de tous les être vivants, si je ne l'avais pas écrasée, cette fleur serait morte quelques jours plus tard tout au plus. Pourquoi tout est ainsi ? On doit faire sa vie, se débrouiller pour gagner sa vie, se marier ou pas, faire des enfants pour ceux qui le souhaitent puis mourir. Nous finissons tous notre chemin au même endroit. Je regarde le ciel et soupire. Pourquoi je pense à ça maintenant ? Vincent doit m'attendre et je suis là, à rester sans bouger. Je me gratte la tête et me décide à marcher. C'est vrai, c'est beau une ville la nuit. Même si cette ville tu la connais, la nuit elle semble changer. Je me retourne d'un bond, j'ai cru voir une ombre. Eh, Albine, t'es folle ou quoi ? Tu ne vas pas avoir peur, grouille, cours s'il le faut, mais rejoint Vincent, mer… ! Il est pas là Vincent, il est pas là encore !

Je regarde autour de moi et ne vois plus aucune forme bouger, je souffle, ouf ! Je fixe la route en attendant qu'une voiture, sa voiture arrive et ne voit pas quelqu'un s'approcher de moi. Une main sur mon épaule me fait sursauter, je pousse un cri étouffé.

- Eh, ne crie pas ! Tu te balades toute seule ? C'est pas prudent.

Je recule d'un bond de cette personne.

- Qui êtes-vous ?

- Je me nomme Fab.

Je fais la moue. Un réverbère nous éclaire. Je le vois distinctement. Il doit avoir une quatorzaine d'années. Il est blond et me sourie d'un air timide. Un ado qui court après une fille dans la rue sans même la connaître. Je veux ne pas lui répondre mais les mots sortent tous seuls de ma bouche.

- Fab ?

- Ouais, diminutif de Fabien, quoi. Tu fais quoi là ?

J'hésite à lui répondre, je ne le connais pas.

- Je me balade, c'est tout.

Je fais demi-tour et il me rattrape en un clin d'œil.

- Eh, pars pas comme ça ! C'est pas prudent de te promener seule !

Je virevolte pour me trouver en face de lui.

- Je ne te connais même pas, qu'est ce que tu viens me trouver des noises ? Laisse moi me promener tranquille.

Il fait un geste de défense devant son visage.

- Eh, non, excuse-moi, je ne voulais pas t'embêter. Tu sais, je vis seul, je n'arrivais pas à dormir et je me promène c'est tout. Je voulais faire la causette, je m'ennuyais à mort. S'te plait sois sympa, me jette pas.

Je lève les yeux au ciel et regarde autour de moi, Vincent devrait déjà être là. Mais que fait-il ? J'opte pour faire la conversation avec ce Fabien, ça m'occupe et je n'aime pas être seule. Enfin, j'aime bien être seule mais pas la nuit, quoi !

- Bon, ok. T'as quel âge d'abord ? Un gamin comme toi ne devrais pas sortir en pleine nuit.

Il fronce les sourcils.

- Un gamin ? Ah oui ? Je suis sûr que je suis plus vieux que toi !

- Ca m'étonnerait, j'ai quinze ans !

Il sourit de toutes ses dents et ricane.

- quinze ans ? J'ai dix-huit ans, gamine toi-même !

- Quoi ? Sérieux ? Je t'en aurais donné quatorze !

Il hausse les épaules.

- Tout le monde croit que je suis plus jeune qu'en réalité. Faut quoi ? Une moustache pour me faire plus vieux ?

Je fais mine de réfléchir.

- Non, mais plutôt une barbe à la Panoramix.

Il souffle.

- Gamine !

Je fais demi-tour et sors mon téléphone. Aucun message. J'en envois un à Vincent pour lui demander ce qu'il fait. Je fais les cents pas et tout d'un coup j'aperçois Fabien qui m'observe d'une mimique moqueuse.

Je le regarde et m'exclame:

- Quoi ?
- T'attend quelqu'un ?
- Non sans blague, dis-je ironiquement.

Je sens mon téléphone vibrer, je le sors, un message qui indique :

De Vincent :

Je suis horriblement désolé, mais G un empêchement, je m'excuse mille fois. Je t'expliquerai une prochaine fois. Vraiment dsl, je t'aime. Promis, un autre rendez-vous s'impose. Ne m'en veux pas stp.

Je soupire, c'est nul. Je m'assois par terre, regardant l'horizon en face de moi. Je ne tarde pas à être rejoint par Fabien. Il s'assoit à côté de moi.

- Alors ? Tu fais quoi ?
- Rien, rendez-vous annulé.
- Ah désolé pour toi.

J'hausse les épaules.

- Pas grave ! J'ai besoin de marcher.

Je me lève et il me suit.

- Tu permets que je t'accompagne ?
- Je permets.

J'entre à l'intérieur du parc et m'assois sur la balançoire. Bien qu'elle n'est plus vraiment adapté à ma taille et à mon âge je me balance avec autant d'énergie que quand j'étais petite et que je jouais avec Alex à qui ira le plus haut. Nous étions toujours à égalité. Fabien est monté sur l'autre balançoire. Je nous revoyais enfants en train de jouer. Nous venions là tous les jours avec Alex. C'était notre paradis. Mais ce temps est bien loin.

J'annonce :

- Tu proposes quoi pour cette nuit ? Je devais sortir alors, je le ferai avec ou sans lui, je ne veux rentrer chez moi que quelques heures avant que mon réveil sonne.

Il réfléchit quelques minutes, puis se levant me tend la main. J'hésite qu'une seconde et pose ma main à l'intérieur de la sienne.

Il m'emmène au milieu du parc là où il n'y a rien, qu'un espace de verdure. Il sort de la poche son baladeur et me tend un écouteur et place l'autre à son oreille. Je l'imite sans comprendre et il me demande si j'aime Era. J'acquiesce et la musique commence. Il pose une de ses mains dans les miennes et pose l'autre sur ma taille. Il me fait tourner ainsi pendant quelques minutes sans cesser de me regarder.

C'est la première fois que je danse. C'est aussi la première fois que je danse avec un garçon que je ne connais que depuis quelques minutes. C'est aussi la première fois que je danse en pleine nuit. Mais c'est agréable et je ne tarde pas à poser ma tête sur son épaule en fermant les yeux. Il continue de me faire tourner ainsi et les chansons défilent. Plusieurs chansons d'Era passent, puis soudain un autre chanteur arrive, sûrement la fin du CD précédent car la musique laisse place à « Les cactus » de Dutronc. Je rigole et redresse ma tête. Aussi prêt du visage de Fabien, je m'aperçois qu'il est vraiment beau gosse. Il a de magnifiques yeux bruns. Je me surprends à le désirer. Je détourne aussitôt la tête en rougissant. J'essaye de penser aussi fort que je le peux à Vincent mais je n'y arrive pas. Fabien me prend le menton dans sa main et me caresse la joue. Je souris et il approche ses lèvres des miennes. J'approche mon visage du sien et je me laisse emporter par son doux baiser. Un baiser au goût de joie et d'amour. Personne ne m'avait jamais embrassée comme ça avant lui. J'entrouvre mes lèvres et y laisse passer ma langue. Nous nous détachons à regret de l'autre au bout de quelques minutes. Un simple regard nous suffit pour comprendre qu'aucun de nous n'a envie de se quitter.

Je lui souffle :

- Embrasse-moi encore.

Il me prend par la main et m'emmène trois rues plus loin. Tout en m'embrassant, il ouvre une porte, me fait entrer à l'intérieur et quelques minutes plus tard je perds ma virginité dans les bras d'un garçon qui est un inconnu pour moi. Je sors de sa chambre au petit matin. Il m'arrête pour me poser une question :

- Attends, tu t'appelles comment ?

Je souris. Il couche avec moi et il me demande mon prénom après.

- Albine.

Il hoche la tête.

Je rajoute après un moment :

- Te reverrais-je ?

Il paraît gêné :

- Je crains bien que non. La semaine prochaine, je m'engage à l'armée à l'étranger.

- D'accord. Merci quand même pour cette nuit, c'était chouette.

Il me dépose un baiser sur les lèvres et j'aimerais que ça ne finisse jamais mais la fin arrive et il me chuchote :

- Allez va Albine, rentre vite chez toi avant que le soleil ne se lève et que tes parents ne s'aperçoivent que tu n'es pas là.

Je souris mais mon cœur est rempli de tristesse de le quitter. Mais je dois me faire une raison, c'était une histoire d'une nuit. Une nuit que sûrement, je n'oublierais pas. Je retourne dans ma chambre le cœur léger et content. Aussitôt que ma tête touche l'oreiller je sombre dans le sommeil.

Chapitre dix

Un an plus tard…

On s'était écrit tous les jours et tous les jours avec Vincent pendant l'année qui était passée après notre premier rendez-vous.

Aujourd'hui, il me donne rendez-vous pour la troisième fois même si la deuxième fois n'avait pas eu lieu.

J'ai maintenant seize ans et il en a dix-huit.

Dès qu'il me voit il me prend la main et me fait tourner autour de lui.

- T'as changé, dis donc !

- En bien ou en mal ?

- Tu es merveilleusement belle !

Il m'invite à monter dans sa voiture. Il roule pendant à peu près dix minutes et je découvre qu'il m'emmène à son appartement.

- Je te présente mon modeste petit habitat.

- Mais je croyais que tu habitais à plus d'une heure de route d'ici.

- Oui, c'est vrai mais j'ai loué un appart pour cette semaine car je suis en vacances et pour qu'on puisse se voir tous les jours. Faut bien que je me rattrape pour l'année qui vient de passer.

Il s'assoit sur son lit et m'invite à m'assoir à côté de lui.

Je me mets donc à côté de lui et il me fait glisser sur ses genoux, il m'enlace la taille d'un bras et de l'autre main me caresse la hanche. Je noue mes bras autour de son cou. Cela fait tellement longtemps que je rêve de lui et de ce moment que je me donne toute entière à lui.

Il m'embrasse avec ardeur et me fait rouler sur le lit de manière à qu'il soit par-dessus moi. Il déboutonne mon chemisier et commence ensuite à s'attaquer à défaire ma jupe. Je ne sais plus si j'ai vraiment envie de le faire. Je sais que j'ai déjà couché avec quelqu'un mais là ça n'a rien à voir. Avec Fabien, il y a un an, c'était facile, là ce n'est pas facile, je n'ai pas goût à ça.

Je lui dis :

- Vincent, je ne sais plus si j'ai envie de le faire.

- Comment ça ? Tu l'as jamais fait ?

- Bah, si mais je sais pas, je le sens pas.

Il lève les yeux au ciel.

- Bah je vois pas où est le problème. T'inquiète, ça ira, ok ?

J'hésite mais fini par lui répondre :

- Ok.

Il fait glisser ma jupe et pose une main sur ma poitrine. Il a enlevé son jean. Je me relève d'un coup et m'exclame :

- Non, Vincent, je ne peux vraiment pas. Excuse-moi, il me faut du temps.

- Quoi ? Mais t'es chiante ! Tu sais pas ce que tu veux à la fin ! T'es une chochotte ou quoi ?

- S'te plait laisse-moi du temps. Peut-être que demain je serai prête.

- Ah ouais ? Et imagine si demain je ne veux plus.

- Mais pourquoi tu es comme ça ?

- Parce que moi, j'ai envie de le faire maintenant !

Il me caresse le ventre, je retire sa main et me dégage de lui d'un geste brusque. Il s'énerve :

- Tu me saoules là !

- Tu ne veux pas arrêter ? Je ne veux plus, c'est mon droit, non ?

- Bah non.

Il se lève, m'empoigne le bras et comme je me débats, il m'allonge une grande taloche qui me fait vaciller.

Je laisse échapper un cri, il abat son poing contre ma tempe.

Ma vue se brouille et je m'évanouis.

Je me réveille quelques temps après, nue dans son lit.

Je me redresse et l'aperçoit adossé contre le mur en train de fumer.

Je porte une main à ma tempe, j'ai mal.

Je m'aperçois alors qu'il m'a violé. Oh, non, pourquoi ? Pourquoi moi ? Son acte horrible et répugnant me donne envie de vomir.

- Connard !

- Tu m'insultes maintenant ? C'est mal !

Je me lève, commence à m'habiller et quand j'ai finis, je lui lance :

- Tu vas pas t'en tirer comme ça, je vais porter plainte contre toi !

Il s'approche de moi et me plaque contre le mur, il me lance d'un air féroce :

- Tu ne vas pas faire ça.

Il me tient les deux bras contre le mur et me serre de toutes ses forces. Il me fait horriblement mal.

J'arrive avec du mal à articuler :

- Ah oui et pourquoi je ne le ferai pas ?

- Parce que si tu le fais, toi et ton meilleur ami ne sortirez pas vivant !

- Quoi ? Tu n'as pas le droit de le toucher !

Il place son bras sous ma gorge et appuie fort.

Je ne peux plus respirer. Je veux lui donner un coup de pied mais même ça je n'y arrive pas, il me tient serrée contre le mur, ses jambes contre les miennes. Je ne peux même pas bouger et je suis en train de manquer d'air.

- Je ne vais pas me gêner et même ta famille va y passer !

Comment ai-je pu être aussi bête ? Je lui racontais toute ma vie, tout ce qui me concernait, Alex, Marc mon frère, mes parents.

Il sait où je vais au lycée, où va Marc, où travaille mes parents.

Idiote, Idiote, Idiote.

Il relâche sa pression de sous ma gorge et me serre plus fort les poignets.

- Aïe !

- Tais-toi !

Il m'embrasse férocement, je lui réponds en lui mordant la lèvre. Alors, il me colle une claque et me tire vers lui avant de me repousser de toutes ses forces contre le mur.

J'ai l'impression que ma colonne vertébrale va se briser.

Oh mon Dieu que j'ai mal !

- Maintenant, tu vas te comporter comme une gentille petite fille. Et quand je te donnerais rendez-vous, tu devras venir dès que tu le peux… Sinon, ceux à qui tu tiens, mourrons tous ! Et même si tu me tends un piège, j'ai des amis qui seront ravis de me venger !

Il me lâche complètement et je lui souffle en m'écroulant par terre :

- Comment peux-tu être comme ça ? Je t'ai écrit tous les jours pendant deux ans, je croyais vraiment te connaître et je croyais t'aimer. Tu n'as que dix-huit ans et comment peux-tu te comporter comme ça ?

- Tu crois vraiment tout ce qu'on te raconte ?

- Comment ça ?

- Tu ne t'es jamais demandée si je te disais la vérité ? Ce que tu peux être naïve, c'est à faire peur ! Dit-il en rigolant, je n'ai pas dix-huit ans et je ne suis pas le gentil petit garçon amoureux de toi que tu croyais !

Non, je ne m'étais jamais demandé s'il me mentait. Je croyais en lui, j'avais confiance en lui. Je l'aimais.

Mais tout ça est bien loin, à présent.

- Et tous ces mails ? Tout ce que tu m'as écrit, ce n'était que des mensonges ? Tu ne m'as jamais aimée ?

Il me regarde puis en haussant les épaules me dit :

- Au début, je ne mentais pas, je me plaisais à croire que tu me plaisais mais j'ai dû me faire une raison et oublier mes sentiments.

Quoi ?!?

- Oublier tes sentiments ? Mais comment peux-tu faire ça ? Qui t'oblige à faire ça ? Tu ne peux pas oublier que tu aimes quelqu'un !

Je ne comprends rien, comment c'est possible ? Il est encore plus dérangé que je ne le pensais. Non, pas dérangé, fou dangereux !

 - J'ai fait semblant de t'aimer, tu m'as compris ?! Personne ne m'oblige à faire ça ! Il n'y a que moi, t'as compris ?! Je m'ennuyais alors je me suis inventé une identité, aussi facile que ça !

Il faut que je sorte de cet endroit. Il va me tuer. J'ai peur.

- Je peux m'en aller ?

- A condition que tu te taises et que tu fasses ce que je te demande car je te le jure je ferais ce que je t'ai dit.

A présent, je pleure sans arriver à contrôler mes larmes. Il rigole et me dit :

- Allez dégage !

Je sors en tremblant.

J'attends quelques minutes que je me calme et je sèche mes yeux avant de prendre le chemin de chez moi.

Que vais-je faire ? Je devrais porter plainte contre lui et qu'il aille en prison mais je ne peux plus, je sais qu'il tiendra paroles en faisant du mal à ceux que j'aime.

Je m'enferme dans ma chambre et ferme à clefs.

J'avais dit à mes parents que j'allais faire des devoirs avec une amie du lycée.

Je ne pouvais plus me passer d'internet et de portable et je le regrettais à présent.

Je n'aurais pas pu faire autre chose, tous ces soirs où je lui parlais et que je croyais en lui ?

Je suis idiote, idiote, idiote !

Je me regarde devant une glace, j'ai des bleus sur les bras et sur le cou. Ma tempe est toute rouge. Je suis horriblement décoiffée. Heureusement pour moi, je n'ai croisé personne dans la maison.

Je me dévêtis complètement et enfile un jean, des converses et un tee-shirt à manches longues pour cacher mes bras. Je me recoiffe et me contente d'une simple queue de cheval. Je m'enroule un foulard autour du cou, c'est la mode tant mieux pour moi. Enfin, il ne me reste plus qu'à me re-maquiller, j'essaye tant bien que mal de cacher mes coups sur la tempe et sur ma joue. Malgré tout, j'y arrive.

Je sors mon portable, resté dans ma poche de mes autres vêtement et vois qu'il clignote. Je l'ouvre et lis :

D'Alex :
Tu fais quoi ce week-end ? J'ai envie de te voir.

Oh, non, pas lui, mes larmes recommencent à couler toutes seules sans que je puisse les arrêter. Alex, lui, mon meilleur ami que j'aime horriblement, il est mon seul ami depuis que je suis petite et il est toujours là pour moi. Pourquoi faut-il que ça tombe sur moi ?
Nous sommes samedi matin, et j'avais rendez-vous avec Vincent, ce monstre, à neuf heures. Nous sommes trois heures plus tard. Je lui réponds :

Moi aussi j'ai envie de te voir. Tu es le seul ami que j'ai.

D'Alex :
Bah viens, cet aprèm. Tu t'es disputée avec tes amis ?

A Alex :
Ok. Je vais venir. Non, pas du tout, c'est juste que je me rends compte que ceux que je croyais connaître en fait je ne les connaissais pas et tu es le seul à rester… Merci Alex.

D'Alex :

C'est quoi ce coup de blues ? Tu te sens déjà vieille ? Tu seras toujours plus jeune que moi je te signale ^^ ! Arianna t'a lâchée ?

Je suis plus jeune que lui de deux mois. Il est né en Mai et je suis née en Juillet. Arianna ? Cela faisait plus de huit mois qu'on ne se parlait plus. On avait pris des chemins différents.

A Alex :
Je m'sens pas vieille mais juste seule et horriblement stupide. C'est tout, c'est rien. Oublions ça s'il te plait. Arianna ? Je ne sais pas qui c'est, enfin… Je ne sais PLUS qui c'est.

D'Alex :
T'as cassé avec ton mec ? C'est ça ? Tu t'es disputée avec ta (deuxième) meilleure amie ?

Je réfléchis vingt secondes avant de lui répondre :

C'est ça. Et Arianna n'a jamais été ma meilleure amie j'ai qu'un meilleur ami j'te signale !

D'Alex :
Bah, tant mieux, c'est rien ;) Viens chez le gars célibataire et qui est content de l'être. Tu veux qu'on fasse une fête pour ça ?

A Alex :
T'es con. Mais je t'aime pour ça.

Je passe donc l'après-midi chez mon meilleur ami et il arrive malgré tout à me faire oublier. Oublier ce monstre et combien je suis idiote. Mais quand je dis idiote encore je pèse mes mots. J'en ai marre.

Chapitre onze

J'ai changé complètement de tenue vestimentaire.

Plus de jupe courte, plus de décolleté, plus de truc léger.

Jean, pantalon, et tee-shirt à manches courtes ou à manches longues. Même si le printemps est là.

Un couteau pliable ne quitte jamais ma poche, bien enfoui.

Pendant les premiers temps, je n'avais pas trop le choix, j'étais obligée de porter des manches longues et une écharpe ou un foulard. Pour cacher mes bleus. A chaque fois que je les vois, j'en ai honte. Maintenant ils ont quasi disparu mais je ne change pas pour autant mes vêtements.

Je suis assise en tailleur sur mon lit, mon portable dans les mains. Quelqu'un frappe tout doucement à ma porte. Je sursaute et lève la tête.

- Pardon, ce n'est que moi, je peux entrer ?

Mon frère. Oui, un peu normal, mes parents étaient partis, euh… où déjà ? Chez un ami de mon père ? Je crois. (Je dois avouer que je n'écoute pas vraiment ce qu'ils me disent, surtout si c'est pour me dire qu'ils sortent.) Pour sûr, ils ne sont pas au boulot puisque l'on est dimanche, enfin, ça ne veut rien dire.

- Hum, je lui réponds.

Il entre et fais quelque pas dans ma chambre, tire ma chaise de bureau et s'y assoit. Il est assis en face de moi.

- Je voulais te demander quelque chose.

- Ouais ?

- Euh… T'as changé d'un coup ?

- Quoi ?

- Ouais, je veux dire, tu t'habilles plus pareil qu'avant. Enfin, je trouve. C'est peut-être moi. Disons, qu'avant tu étais ma p'tite sœur qui aimait bien les jupes courtes, les décolletés à paillettes. Et puis cette robe verte que tu mettais si souvent, ça fait un bail que je l'ai pas vue.

- Mais…

Vite je dois trouver un truc là, vite, invente n'importe quoi.

- C'est juste que c'est plus la mode ! T'as pas remarqué que toutes les filles au lycée s'habillent comme ça maintenant.

Il me dévisage.

- Non.

- Bah, pourtant, c'est vrai.

- Tu connais Clarisse ? Elle est en terminale avec moi.

- Euh… Je crois.

- La fille rousse qui a une superbe robe rose bonbon et des bottines violettes flashy. Elle était habillée comme ça aujourd'hui.

- Et alors, je m'en fous !

- Peut-être mais je sors avec elle et elle est fan de tout ce qui est mode alors si la mode était au jean, je le saurais !

Je le regarde sans savoir quoi répondre, puis lui lance :

- Et alors ? Je m'habille comme je veux, j'ai pas besoin de me justifier !

- C'est sûr mais je voulais juste te dire que ta robe verte et ton décolleté rouge pailleté me manquent. C'est tout.

Je me lève d'un bond, fouille dans mon armoire, en colère. Je suis horriblement énervé, non mais de quoi je me mêle ! J'attrape ma robe verte et ce décolleté dont il me parle et lui jette au visage.

- M'en fous, tiens, prends ça t'as qu'à l'offrir à Clarisse, j'm'en fous d'elle ! Je les remettrais jamais ces trucs, tu peux même les jeter, j'en ai rien à faire !

Comme il reste assis sur sa chaise, -sur ma chaise- sans dire un mot, j'explose en larmes.

Je pleure trop souvent ces temps ci, j'ai les nerfs en feu. (Ca se dit ? Pas sûr…) J'en peux plus. Je me mets en boule par terre à côté de mon lit et tiens mes genoux repliés contre moi. Je ne m'occupe plus de lui, plus de mon frère, je pleure et j'ignore tout. Heureusement que nos parents ne sont pas encore rentrés.

Marc me prend dans ses bras et me murmure :

- Vas-y crache le morceau. Je n'ai peut-être pas été un frère très sympa depuis toujours mais je reste ton frère qui t'aime. Je suis là si tu as besoin de moi. Alors ?

- Je ne veux plus les mettre parce qu'ils me rappellent quelqu'un que je déteste.

- Comment ça ?

- Je les ai mis quand je sortais avec quelqu'un et maintenant je le déteste alors quand je vois ces vêtements ça m'énerve.

Ce n'est pas vraiment toute la vérité, mais c'en est une partie je me contente de cette version là.

- Mais faut pas, sinon, tu mettras jamais plus rien.

- Et alors ?

- Arrête tes bêtises ! Tu dois les mettre et tu dois les mettre la tête haute pour lui prouver que tu te fous de lui, d'acc ?

Je me contente d'un « hum ».

Il faut croire qu'il s'en contente lui aussi car il me dépose un baiser sur le front, se lève et sort de ma chambre.

Je regarde les vêtements sur mon bureau, je ne pourrais jamais les remettre. Non. Jamais. J'ai trop peur, je me suis fait violer, je ne veux plus de vêtements faciles à enlever. Bien sûr je sais que ça ne l'en empêcherait pas mais quand même, ça rassure un minuscule coin au fond de moi. Je me lève et m'allonge dans mon lit. Sur la couette. Je fixe le plafond et je ne tarde pas à m'endormir.

Chapitre douze

Le lendemain matin…

Nous sommes lundi vingt mars. Lundi matin. Je n'ai pas du tout envie d'aller en cours mais comme je traine au lit, mon père ouvre la porte brusquement et hurle presque (sérieux sans exagérer) :

- Albine, qu'est-ce que tu fous ? On n'est pas Dimanche, lève-toi ! Tu vas être en retard au lycée ! Et puis merci, ta directrice va appeler parce que t'as manqué une heure !

Je lui réponds les yeux pleins de fatigue et me moquant à moitié de lui (mais ça il ne le voit pas, enfin, j'espère) :

- Tu crois vraiment qu'elle va t'appeler parce que j'ai manqué une heure de cours ? Je crois pas…

- M'en fous, j'ai pas envie de savoir, tu te lèves un point c'est tout !

Avant que j'ai pu lui répondre, enfin murmurer pour moi-même qu'il me saoule et que le lycée aussi, il part en claquant la porte. Super, il ne pourrait pas se contenter de fermer DOUCEMENT la porte !

Ca va j'ai compris. OK ! Je me lève.

La porte se rouvre doucement et laisse passer la tête de Marc tandis que je suis assise sur le bord de mon lit.

- Ah pardon, t'es debout, j'ai rien dit, me dit-il avec un grand sourire. Je croyais que tu faisais vraiment grève !

Il referme doucement la porte sans rien dire de plus.

Et moi qui n'ai pas ouvert la bouche, non mais franchement, c'est d'un ridicule. D'abord mon cher frère, je ne suis pas debout mais assise sur le bord de mon lit et deuxièmement : Et si je faisais vraiment grève ? Hein ? Tiens, je vais m'y mettre vraiment.

Mais je suis levée et mon père en me cassant les oreilles m'a vraiment réveillée alors ce n'est pas la peine que je me recouche, je sais que je ne trouverais pas le sommeil. Et puis Alex doit m'attendre, ce n'est pas cool pour lui !

Je me traine malgré moi hors de mon lit et me regarde dans un miroir. Oh, ça va, j'aurais pensé que j'avais une tête plus horrible.

Cela ne se voit pas à l'extérieur mais à l'intérieur je suis bien plus horrible. Car tout ce qui arrive d'horrible est en partie de ma faute : le harcèlement de Vincent et puis quasi tout le lycée me prend pour la fille « bizarre » pourquoi ? Je ne sais pas, quand on me voit on ne dit pas : « Tiens, salut, Albine » mais on continue son chemin sans m'adresser une parole et pour ceux rares qui me parlent ils disaient : « Eh, c'est la sœur du beau Marc ! » Voilà, j'étais la sœur du « beau » Marc. Non, mais franchement, lui on le connaissait mais moi alors là, comme on dit c'est une autre histoire !

Bon, je prends ma brosse à cheveux et me les démêle en trente secondes, parfois je m'amuse à compter les secondes pour que je me les démêle, ouais ne dites rien, je sais, c'est idiot !

Je m'habille et cette fois, ne tarde pas à choisir mes vêtements : jean violet, tee-shirt rose, pull bleu, basket orange.

Je sors de ma chambre et attrape une pomme. Ah, mon éternel nourriture quand je n'ai pas le temps et que je suis pressée. Que ferais-je sans toi, ma pomme ? Depuis que je suis toute petite, j'ai dû en manger des tonnes des pommes, c'est comme ça, j'adore ça un point c'est tout. Mince, mon sac est dans ma chambre, j'y retourne, le prend et cette fois, sort dehors pour de bon. Gagné, Alex m'attend comme d'habitude sur les marches de ma maison, cette fois en train de jouer avec ses pieds. Je le regarde un instant, sans que lui me voit, il me fait rire et Alex se retourne, puis me voyant me fait un grand sourire.

- Salut !
- Salut Alex !

Je mords dans ma pomme et il me dit en se levant:

- Ah, tu me donnes faim !
- T'as pas déjeuné ?
- Si mais tu me donnes quand même faim !
- Comment tu fais pour être aussi mince si tu manges tout le temps ?
- Eh, j'ai pas dit que je mangeais à chaque fois que j'avais faim.
- Bah tu meurs de faim, alors ? Moi, quand j'ai faim, je mange.
- Ouais, bah ça, j'avais remarqué !

Je lui tire la langue et lui tends ma pomme. Il me regarde un instant hésitant puis la prends, croque dedans et me la redonne.

- Délichieux, me dit-il la bouche pleine.

Sur le chemin du lycée, on partage ma pomme et on rit. Alex faillit s'étouffer avec un morceau et là, du coup, on a moins rit.

Le lycée se passe comme d'hab et dans les couloirs on croise un groupe de... (Première ?) Je pense. Quand nous passons devant eux, un se retourne, il est assez grand, des cheveux blonds avec des boucles sur le front et nous dit :

- Eh, regardez, les gars, qui voilà ! Le mec qui offre sa moitié de cœur à sa chérie ! Lui, qui s'habille tout en rose pendant les vacances !

Pendant les dernières vacances, nous avions continué de nous habiller « n'importe comment » et du coup, Alex avait ressorti son costard cravate rose. Mais sa moitié de cœur, là, j'avoue je ne comprenais pas. Je regardais Alex quand je compris. Bien sûr, notre collier, nous avons tous les deux une moitié de cœur.

Alex hausse les épaules et continue son chemin. Je regarde quand même le gars qui nous avait dit ça et je lui déclare :

- Eh alors ? T'es jaloux, parce que toi tu l'as pas ta moitié de cœur avec ta chérie. Crétin.

Je rejoins en courant Alex en lui disant :

- Eh attends, t'occupe pas de ça, on s'en fout.

- Mais je m'en fous, c'est pour ça que je n'ai même pas pris la peine de répondre.

Il se retourne et avait l'air plutôt fâché. Alors je lui demande :

- T'es sûr ?

- Bon, ok, ça m'a énervé, t'es contente ? Tu sais quoi ?

- Euh… Non.

- Demain, je me ramène en costard cravate vert !

- Sérieux, t'en a un ?

- Ouaip ! Dit-il avec un grand sourire, plus du tout fâché.

Bon, je vais le faire pour Alex, c'est bien parce que c'est lui ! Je vais ressortir ma robe verte et je vais piquer –non, emprunter- les talons verts de ma mère, j'vous jure, elle en a !

Le lendemain, on fait un carton, Alex est tout heureux que je suis habillée de la même couleur que lui. On a l'air malin comme ça, mais franchement j'adore !

- Demain on s'habille en rouge ? Il me demande.
- Euh… Je crois pas que j'ai un ensemble rouge…
- Ma mère si, je suis sûr qu'elle voudra bien nous le prêter !
- Alors ça marche !

Je m'habille comme ça avec lui, des vêtements « légers ». Mais c'est bien parce que c'est pour lui. (Je sais je me répète.)

Quand nous n'avions pas prévu de nous « habiller comme ça » je remettais mon jean et mon tee-shirt à manches longues !

Alex arrive à me faire revivre, si on peut dire mais dès que je pensais à Vincent, j'étais terrifiée, heureusement je n'en montrais jamais quelque chose à Alex ou à quelqu'un d'autre. Il ne manquait plus que quelqu'un apercevait dans quoi je m'étais fourrée ! La vérité c'est que j'ai affreusement honte de ce que j'ai fait !

Je ne sors plus toute seule ayant peur de le rencontrer, ce monstre, ou quelqu'un qui est comme lui. Lorsqu'on songe à ces choses là, le harcèlement, le viol, etc. On pense toujours que ça n'arrivera qu'aux autres jusqu'à temps que ça nous arrive. J'ai mal au cœur rien que d'y penser. Je me suis toujours demandé comment vivre avec ça ? Les filles qui se font violer, harceler et qui ne disent rien ayant peur. Peur de tout, peur que ça leur arrive une seconde fois. Je n'ai jamais su la réponse mais à présent je comprends. J'ai tellement peur et me sent tellement mal que la peur et la douleur m'ôtent la parole et le courage. Je suis peut-être lâche, je ne sais pas, mais je ne sais pas quoi faire, je ne sais pas si je dois ou non le dire. Je ne peux pas me confier. Je ne sais pas quoi faire.

Chapitre treize

Parfois, je pense à Fabien. Pourquoi je n'avais pas choisi quelqu'un comme lui plutôt que quelqu'un comme Vincent ? Même si je n'ai connu qu'une nuit Fabien, je suis sûre qu'il est mieux que Vincent.

Eh puis non, qu'est ce que j'en savais ? Au début aussi Vincent était aux petits soins pour moi et était vraiment quelqu'un de bien. Quand je repense à tout cela j'ai envie de vomir. De sauter par la fenêtre. De tout finir là maintenant ici tout de suite. Mais à chaque fois que j'ai un couteau posé sur mon poignet, à chaque fois que je suis assise au bord d'une fenêtre, le visage de mes proches paraît dans mon esprit. Les menaces de Vincent, je les entends dans ma tête : « Je m'en prendrais à ta famille. » Si je meurs que fera-t-il ? Je fonds en larmes, je pose ma tête contre le mur et me maudis. Bien sûr, qui a dit que la vie était facile ? Je n'ai pas dit ça, Bêtasse, mais tout de même c'est plus dur que je ne l'aurais imaginé, et puis non ce n'est pas la vie qui est difficile, c'est la tienne ma cocotte. Tu aurais pu choisir un autre chemin mais tu as choisi le mauvais. La mauvaise route, pourquoi t'as pas pris à droite au lieu d'à gauche ? Tais-toi, j'ai mal là, je te signale, c'est pas le moment. J'en ai marre et j'ai froid. Je finis à genoux par terre, la tête dans les mains. Je pleure en silence. Si on me permet de vivre une autre vie, je vous jure que j'y prendrais soin. Je ne ferais pas de conneries.

C'est trop tard, ma petite poulette, trop tard !

Tais-toi ! Je plaque une main sur ma bouche.

Je m'allonge par terre. Je finis par m'endormir les larmes continuant de couler toutes seules sur mes joues.

Une main se pose sur mon épaule, je sursaute. C'est Fabien, il me prend la main et m'emmène loin d'ici. Dans une prairie plein de fleurs. Il fait chaud, j'enlève mon gilet, le soleil brille. Fabien s'allonge par terre. Il se met à pleuvoir. A pleuvoir aussi fort que je suis trempée en quelques secondes. Mais il ne bouge pas d'où il est. Ses yeux sont fermés, il semble dormir. Je lève la tête vers le ciel et m'aperçois que ne sont pas des gouttes d'eau mais des gouttes de sang. Je regarde Fabien, terrifiée. Il se tient debout à côté de moi et rit de toutes ses dents. Il s'approche de moi, m'enlace et je sens une douleur atroce dans le cœur. Je me détache de lui et aperçois un couteau planté à l'endroit où j'ai mal. En plein milieu de mon cœur. Je veux l'enlever, tirer dessus mais n'y arrive pas. Je m'effondre par terre et me réveille quelques temps après dans une chambre aux draps bleus. Je me lève d'un coup et hurle. Par terre au pied du lit, le corps d'Alex sans vie.
Cette fois je me réveille allongé sur un parquet. Je regarde autour de moi, cette fois, c'est bien ma chambre. Quel horrible cauchemar.

Je me lève et une porte apparaît devant moi, je pose ma main sur la poignée et la retire aussitôt, elle est mouillée. Je m'essuie sur mon pantalon et une grosse trainée rouge reste sur le tissu. Ce n'est pas de l'eau mais du sang. J'ouvre en grand la porte et y découvre derrière un corps allongé par terre. Je le contourne et le reconnais, c'est mon frère, Marc.

J'étouffe un cri. Pourquoi ? A côté de lui, un autre corps sans vie, celui d'une femme : Ma mère.

Un bruit de pas derrière moi me fait sursauter. Je me retourne d'un bond et me retrouve face à Fabien qui tient un couteau dans la main. Il a de grandes traces de sang sur les joues. Je secoue la tête et lui murmure :

- Non, Fabien, pourquoi ?

Il part en un éclat de rire puis d'une seconde à l'autre son visage change. Ses traits changent. Il s'agenouille par terre en gémissant. Il redresse brusquement la tête et je vois le visage de Vincent qui a remplacé celui de Fabien. Des éclairs transpercent ses yeux. Je hurle, il me saute à la gorge, je hurle encore plus fort et ses doigts se referment sur mon cou.

Je me réveille en nage dans mon lit. Je transpire et tremble. Mon cœur bat à cent à l'heure.

Alors que j'aurais voulu être seule, la porte de ma chambre s'ouvre à la volée et laisse passer une tête que je reconnais avec soulagement. Marc. Tout ça n'était qu'un rêve.

- Ca va ? Je t'ai entendu crier.

Il a l'air inquiet. Je fais, de la main, un signe d'impuissance et murmure :

- Cauchemar.

Il me regarde d'un air embêté et me demande si j'ai besoin de quelque chose. Je lui réplique qu'un couteau dans le cœur me ferait du bien. Il me regarde en fronçant les sourcils alors je lui dis en penchant la tête :

- Ou sinon, un seau d'eau glacé sur la tronche.

Il sourit.

- Ca, ça peut se faire !

Il referme la porte et me laisse toute seule dans cette grande chambre vide. Je m'accroche à ma couette et regarde l'heure. 4 : 12. Je pleure en silence et me recouche. Mais je sais que je ne me rendormirai pas. Cette nuit, comme on dit à été un cauchemar.

Chapitre quatorze

Je passe deux semaines sans avoir de nouvelles de Vincent. Je me plais à croire qu'il m'a oubliée. Je prie pour qu'il m'oublie.

Mais trois semaines plus tard je reçois un message de lui, en le lisant je tremble de la tête aux pieds :

De Vincent :
Salut, tu te souviens de moi ? J'aurais besoin de toi ce week-end, samedi après-midi ? Rendez-vous au parc dans la rue qui est derrière chez toi.

Oh non. Que dois-je lui répondre ? Je n'ai pas le choix, je dois faire ce qu'il me demande.

A Vincent :
D'accord.

Nous étions vendredi soir. Je devais trouver une excuse pour mes parents. Je n'ai pas le choix, comme d'habitude : faire des devoirs chez une amie.
Dans ces cas là, Arianna est mon amie, mon amie imaginaire. C'est ce que je fais, et le lendemain, je me trouve à quatorze heures au parc. Je porte un pantalon retenu par une ceinture, un tee-shirt à manches longues. J'ai attaché mes cheveux en queue de cheval et j'ai glissé un couteau pliable dans ma poche fermé avec un scratch pour ne pas qu'il tombe et pour qu'il ne l'aperçoive pas.

En l'attendant, je m'assois sur un banc et je stresse à mort. Je regarde des enfants qui jouent, ils ont l'air heureux. Nous étions comme ça quand nous étions petits Alex et moi. Nous étions jeunes et innocents, ce que je ne suis plus à présent. Alex est depuis toujours beaucoup plus sage que moi. Je contemple ces enfants qui jouent et j'en oublie le reste pendant un moment. Pendant un court instant qui se volatilise quand tout à coup une voix à côté de moi me fait sursauter.

- Salut.

C'est Vincent. Il se tient à côté de moi, je ne lui réponds pas. Il me regarde dans les yeux et me souffle :

- Suis-moi.

Il continue son chemin sans m'adresser un regard. Je le suis en marchant à deux mètres derrière lui.

Il monte dans sa voiture et me fait signe de monter à côté de lui.

Je suis morte de peur, que va-t-il faire cette fois ? La même chose que la dernière fois ? Je pense sans arrêt à mon couteau dans ma poche, je n'hésiterais pas à m'en servir.

Il prend enfin la parole :

- J'ai besoin de toi pour cambrioler une maison.

- Quoi ?

- Tu dois nous aider, on manque d'une personne.

- C'est une blague ?

Il me regarde un instant avec des yeux durs qui auraient pu lancer des éclairs et me demande :

- J'ai l'air de rigoler ?

Je ne réponds pas, je suis terriblement pétrifiée.

- De toute façon, tu n'as pas le choix, soit tu fais ce que je te demande, soit tu sais ce qui t'attend, toi et ta famille.

Je prends une profonde inspiration et lui demande :

- Qu'est ce que tu attends de moi, exactement ?

- Tu vas t'infiltrer dans une maison avec nous et tu porteras un des sacs.

Nous arrivons donc devant une grande maison à l'air abandonnée. Je demande :

- Il n'y a personne ?

- Il y a une famille entière, riche, qui est partie en vacances.

- T'es sur ?

Il se contente d'hausser les épaules avant de répondre :

- Evidemment.

Il descend et je l'imite, il me balance un polo et me dit :

- Enfile-le et mets la capuche.

Il prend un deuxième polo, l'enfile et mets la capuche. Nous rejoignons deux autres gars qui nous attendent derrière la maison. Ils ont aussi tous les deux un polo avec une capuche, un est plus grand que l'autre et porte une moustache. L'autre a des cheveux blonds qui sortent de sa capuche et des petites boucles lui pendent sur le front. Les deux garçons montent en premier sur le mur en l'escaladant et sont à l'intérieur. Vincent grimpe après eux et m'aide à monter. Il saute et atterrit légèrement sur le sol tandis que je me glisse doucement.

Ils marchent vite et je les suis. Ils ne se retournent pas et font comme si je n'existe pas.

Ils longent le mur de derrière de la maison et s'arrêtent sur le côté. Un se baisse, -celui à la moustache- et enlève une petite grille. Vincent me dit :

- A toi de jouer, faufile-toi à l'intérieur de la maison et ouvre-nous la porte de l'intérieur.

Tout à coup je comprends pourquoi ils ont besoin de moi : je suis fine et je peux passer par la petite grille mais eux non.

Je me faufile donc à l'intérieur et leur ouvre la porte fenêtre.

Ils rentrent vite à l'intérieur et volent tout ce qui a de la valeur : les bijoux, certains livres, des objets, et pleins d'autres choses.

Je ne bouge pas et les regarde faire. La maison est grande et il y a de grands rideaux rouges et verts aux fenêtres de la cuisine. Une grande table d'environ une dizaine de places trône au milieu de la salle à manger.

Malgré qu'il n'y ait personne à l'intérieur, que la famille est partie en vacances, il y a de la vie. Des jouets laissés par terre. Une assiette traine sur le plan de travail.

J'ai de la peine pour cette famille quand elle rentrerait et qu'elle verrait qu'on les avait volés. Que je les ai aidés à voler. Que j'étais complice. C'est horrible à penser, mais c'est bien le mot : Complice.

Ils ont fini, ils passent par la porte que j'ai ouverte et Vincent me chuchote :

- Referme la porte de l'intérieur et repasse par la grille comme tout à l'heure.

Il n'y a aucune douceur dans sa voix mais que de la dureté.

Je fais ce qu'il me demande : je ferme la porte et je ressors par la grille. Vincent me tend un sac, je le prends, le blond referme la grille et ils se mettent à courir et je les suis. J'ai honte. Les deux autres garçons passent les premiers par-dessus le mur et prennent nos sacs. Exactement comme tout à l'heure, Vincent m'aide à passer par dessus le mur. C'est la seule chose correcte qu'il fait : m'aider à sortir, m'aider à escalader un mur. J'ai horriblement honte et j'ai mal au cœur.

J'ai même du mal à mettre ma main dans la sienne. J'hésite mais n'ai pas trop le choix. Dès que je suis passée je la lâche vite. Le garçon aux cheveux blonds me dévisage puis tourne vite la tête d'un air hautain. Je ne réponds pas ayant hâte de pouvoir partir et de pouvoir m'enfermer dans ma chambre pour fondre en larmes.

Ils mettent les sacs dans la voiture des deux garçons et ils disparaissent dans un tourbillon de poussière.

Vincent monte dans sa voiture et je monte à côté de lui, tandis qu'il roule, je lui dis :

- Tu n'auras plus besoin de moi maintenant ? Tu ne m'appelleras plus jamais ? Je ne recevrais plus jamais de tes nouvelles ? Je ne veux plus être témoin de ce que vous faites, c'est horrible.

- M'en fous.

- Mais pas moi, pourquoi faites-vous ça ?

- Parce que ça nous plait, on a besoin de ça pour vivre.

- Mais tu travailles !

- Et ? Ca ne te regarde pas.

Je me tais pendant un moment, j'ai de plus en plus mal au cœur mais malgré ça je reprends :

- Vous me laisserez tranquilles maintenant ?

Il me regarde d'un air doux et me murmure :

- Albine, je sais que je n'ai pas été sympa avec toi, je suis désolé, je t'aime bien tu sais.

Je le regarde d'un air étonné et furieux :

- Comment peux-tu dire ça ? Tu m'aimes bien et pour me le prouver tu me violes !

- Tu ne peux pas dire ça ! C'est toi qui m'a dit la première fois que tu m'aimais et que tu voulais avoir une relation avec moi !

- Oui et bien je n'aurais pas du ! Ce n'est pas ça que j'appelle une relation ! Tu n'es qu'un pauvre crétin. Je te déteste !

Il s'arrête sur le bas côté et m'enlace.

- Laisse-moi, je crie.

Il m'embrasse et me bloque sur mon fauteuil. Je ne peux plus bouger. J'en ai marre de ne plus pouvoir bouger à cause de lui, de me laisser faire car j'ai peur. Car je suis pétrifiée.

- Tu as raison, me dit-il, je ne t'aime pas mais je ne te laisserais pas.

Il desserre son étreinte et j'en profite pour sortir mon couteau de ma poche et le lui enfonce dans le bras.

Il crie de douleur et se tient le bras, comme il est surpris, j'ouvre la portière et me faufile dehors.

Je cours à perdre haleine sur le bord de la route, m'arrête un seul instant pour vomir, reprends ma course et arrive enfin dans notre village.

Je cours sans me retourner et comme je passe devant la maison d'Alex sans le voir, -il est devant sa porte en train de nettoyer ses chaussures- il m'interpelle :

- Eh, où tu cours comme ça ?

Je m'arrête mais je ne peux pas parler, je n'arrive pas à parler. J'essais de reprendre mon souffle.

- Euh t'es sûre que ça va ?

Je reprends ma respiration en m'obligeant à prendre de grandes inspirations et j'arrive, enfin, à parler normalement.

- Ouais, ouais, ca va… Enfin je crois…

- Mais qu'est ce que t'as fait ?

Je mets cinq minutes à répondre car je ne trouve pas quoi lui dire et enfin je lui réponds :

- Euh, je courais juste, j'ai décidé de faire du sport c'est tout.

- Euh… Non, on aurait dit plutôt que tu fuyais quelque chose… T'es super pâle.

- Mais non, t'inquiètes, tout va bien. Tout va bien.

- Ceux qui le répètent le plus, c'est ceux qui vont le plus mal, ils se le répètent juste tout le temps pour conjurer le sort.

- Euh… Le sort ?

- Oui, bah tout le pataquès, quoi !

- Ouais, bah non, ça va vraiment.

- Ok. J'laisse tomber, tu diras rien, j'vois bien.

Je me remets à marcher cette fois, sans courir pour rentrer chez moi. Je m'enferme dans ma chambre sans adresser un mot à qui que ce soit. Mon frère comme d'hab. devant la télé, mes parents sur la terrasse en train de boire un verre.

Pourquoi tout le monde a l'air joyeux alors que moi je vais si mal… J'ai encore envie de pleurer. Alex a tout à fait raison… Comme d'habitude, je suis nulle comme d'habitude et ne suis qu'une idiote comme d'habitude.

J'allume mon ordi et consulte mes mails.

Je n'en ai qu'un seul de ma correspondante de Belgique :

« Chère Albine,

Cela fait longtemps que je ne t'ai pas donné de mes nouvelles, j'en suis désolée, et cela va être encore pire car je me suis trouvé un boulot alors je ne pourrais plus t'envoyer de mail et puis je vais déménager pour habiter avec mon fiancé alors j'aurais beaucoup moins de temps. Je suis désolée. J'espère que tu ne m'en veux pas mais je préfère te prévenir maintenant que plutôt tu te rends compte par toi-même que je ne t'en envoie plus.

Excuse-moi et j'espère que tu seras heureuse. Adieu et bonne chance pour la dure vie qui nous attend.

Clara. »

Voilà que même elle m'abandonne, je suis vraiment seule au monde.

Mais j'ai d'autres soucis qu'elle. Bien plus importants qu'une correspondante de Belgique. Bien plus importants qu'une vingtaine de mails par an. Et cela ne fait qu'un an que j'étais en contact avec elle.

Cela ne me fait qu'une vingtaine de mails à jeter. A supprimer puis à oublier.

Et que j'oublierais facilement. Franchement, je m'en fiche pas mal, de devoir l'oublier. Je ne prends même pas la peine de lui répondre. Alors que tous les mails et les SMS de Vincent, je sais que je ne les oublierais jamais, je les ai déjà tous supprimés mais je sais qu'ils me colleront à la peau et au cerveau.

Aïe ! Non ! J'en ai marre. Avant quand je pensais à lui, ça me faisait du bien et maintenant quand je pense à lui, ça me fait un mal de crâne épouvantable et j'ai envie de vomir.

Ce soir, je me couche sans manger et pour une fois, me couche très tôt. Le lendemain, je me lève péniblement, déjeune –mon frère m'a laissé du thé et des céréales- et vais au lycée.

Chapitre quinze

Aujourd'hui, Alex ne m'a pas attendu pour aller au lycée, pourquoi ? Je ne suis pourtant pas en retard, ni en avance et on ne s'est pas disputé. Je l'aurais bien attendu mais je serais en retard. Je sonne à sa porte mais personne ne m'ouvre. Je sais que ses parents travaillent tôt et ils sont sûrement déjà partis, j'envoie donc un message à Alex :

« Tu fais quoi ? T'es déjà parti au lycée ? »

J'attends dix minutes et comme je n'ai pas de réponses, je décide d'y aller sans lui. Pas trop le choix.

Au lycée, pas de trace de lui, personne ne l'avait vu ce matin, je lui envoie quatre autres messages, tous restent sans réponses.

Pas de lui en cours de Français, ni celui d'Histoire-Géo. Les profs ne sont pas au courant et n'ont pas eu le temps d'appeler sa mère. Je n'ai pas le numéro de sa mère et les profs, d'après eux, n'ont pas le temps. Ce n'était pas la première fois qu'un élève ne venait pas sans avoir prévenu. C'est vrai.

A présent, nous sommes le midi et je suis vraiment inquiète pour mon meilleur ami quand, enfin, je reçois un message qui me donne de ses nouvelles et me fais sursauter quand je vois de qui il vient :

De Vincent :

Ton meilleur ami te manque ? Moi, il encombre ma maison pour rien. Pour rien ? Non, pas pour rien, je te l'avais promis, c'est pour me venger de mon bras. C'est réussi, n'est ce pas ? Viens ce soir et tu le verras vivant, demain ça sera trop tard. Dix-sept heures au parc comme la dernière fois. Attention pas de conneries.

Oh mon dieu ! Non ! Pas Alex !

Que dois-je faire ? Pourquoi lui ? Il n'a pas le droit de s'attaquer à mon meilleur ami. Je serre les poings et me maudis. Je me déteste et ne me le pardonnerais jamais. Oh, non ! Alex me le pardonnera-t-il lui ? A condition que l'on revienne vivant. Je ne peux pas supporter cette idée. La mort de mon meilleur ami. Je me l'imagine déjà mort et je fonds en larmes. Et si c'est un piège ? Et s'il est déjà mort ?

Une main s'abat sur mon épaule qui me fit sursauter.
- Eh, Albine, qu'est ce que tu as ?
C'était Arianna. Elle a l'air inquiet et me regarde avec un regard interrogateur.
Je la regarde à travers mes larmes sans savoir quoi répondre. Pourquoi s'inquiète-t-elle de moi, maintenant ? Pourquoi elle revient vers moi alors que ça fait un bail qu'on ne se parle plus ?
Je renifle et hausse les épaules.
- J'ai que je suis une amie nulle et idiote.
- Mais non, t'inquiète.
Elle me sourit et passe son bras par-dessus mes épaules.

- Quand je vais mal, tu es toujours là pour moi, regarde quand Baptiste était à l'hosto, il y a un an, tu m'as consolée et maintenant il est sorti. Tu es mon amie, me dit-elle.

Je réponds en continuant de pleurer :

- Peut-être mais je n'ai pas su protéger Alex. Et puis c'est quand la dernière fois que l'on s'est parlés ?

J'ai dit cette dernière phrase avec un peu de violence, ce qui ne tourne pas à mon avantage.

Elle me regarde sans comprendre et n'insiste pas, elle a peut-être peur de savoir ce que j'ai fait. Elle me laisse pleurer ma peine toute seule. Comme une grande. J'ai fait des conneries et j'assume.

Sauf que là, c'est Alex qui assume et il en est hors de question.

Arrive le soir. Ce midi, au self, j'avais caché un couteau et une fourchette sous ma veste. Médiocres armes mais vaut mieux ça que rien.

Toute l'après-midi, j'ai stressé et n'ai rien suivis du tout en cours. Maintenant je suis au parc.

Cette fois, je ne m'assois pas, je fais les cent pas. Une voiture noire arrive, pas la même que la dernière fois, les vitres sont teintés devant et derrière. On dirait une voiture d'agents secrets. La vitre se baisse et je m'aperçois que ce n'est pas un espion mais un monstre.

Le monstre.

Vincent.

Qui me sourit de toutes ces dents et qui me regarde à travers ses lunettes de soleil.

Je m'approche de la voiture et monte à côté de lui.

- Où est Alex ? Que lui as-tu fait ?

Il ne daigne même pas me regarder et encore moins me répondre. Il roule en regardant la route.

Je ne veux plus me laisser faire.

J'insiste :

- Si tu lui as fait du mal, tu vas regretter !

- C'est ça, cause toujours !

- Sal…

- Ta gueule ! Me coupe-t-il, t'as pas le droit de me dire ça !

- Mais ce n'est que la vérité !

- Tu peux pas savoir, tu peux pas comprendre, me cri-t-il en élevant la voix.

- Ah oui, bah essaye de m'expliquer pour voir ! Rien n'excuse ce que tu fais, je te déteste !

Il ne me répond pas et regarde fixement la route.

Il a une grosse balafre en travers du visage et des égratignures sur les bras. Le bas de sa lèvre est légèrement ouvert.

Il s'était battu… Avec qui ?

Pas avec Alex, j'espère ! Je prie pour que ce ne soit pas avec lui.

Je tremble de peur mais je pose quand même la question qui me brûlait les lèvres.

- Euh… Je peux te poser une question ?

Il grogne. Je prends cela pour un oui.

- Tu t'es fait quoi ?

- Quoi ? Aboie-t-il.

- Sur ton visage et sur tes bras.

- Pff, tu veux vraiment savoir ?

- Mmm.

- C'est ton p'tit copain. Il est féroce !
- Tu lui as fait du mal ?
- Oh bien plus que lui ne m'a fait.
Je sursaute.
- Tu l'as tué ? Je demande terrifié.
Il rit d'un rire forcé.
- Tu vas bien voir.
Alors sans réfléchir, je me jette sur lui en le frappant en plein visage. Il freine brusquement la voiture et me rejette sur la portière de mon côté avec un coup de poing dans l'estomac.
Je geigne. Puis j'explose en larmes.
- T'as fini bon sang je l'ai pas tué ! Mais c'est ce que je vais faire avec toi si tu te tiens pas tranquille !
Il se remet à rouler et je me blottis au fond de mon siège.
Je n'en peux plus, nous roulons depuis environ une heure quand enfin, il s'arrête devant une petite maison sans aucun voisin aux alentours. Personne ne pourrait nous entendre crier, nous sommes horriblement piégés.
Il descend de la voiture et aussitôt je l'imite sans me faire prier.
Il ouvre la porte à clef, rentre, attends que j'entre à mon tour et referme la porte à clef puis la met dans sa poche. Il me conduit dans une pièce retirée, tout au fond de la maison où il y a un homme assis devant la porte.
Il est grand et a un air féroce d'où on comprend bien qu'il vaut mieux ne pas le chercher, il a dans les vingt cinq ans ou moins mais pas plus.
- Il s'est réveillé Stephen ? Demande Vincent.
- Non, il est toujours inconscient. Mais faut que je te parle, répond ce dernier.

- Quoi ?

- Pas devant la fille.

Vincent m'attrape par l'épaule, ouvre la porte qui n'est, elle pas fermée à clef et me jette à l'intérieur.

Il referme aussitôt après moi.

Je me cogne la tête contre le sol. Du carrelage, ça fait mal.

Je me relève péniblement, et pose ma main contre ma tempe. Elle me brule et un mince filet de sang coule. Je l'essuie avec ma manche et regarde autour de moi. Les murs sont blancs et par terre des taches de sang. Ce n'est pas le mien. Je lève les yeux plus loin, les pose plus vers le fond de la pièce et voit quelque chose recroquevillé sur lui-même dans un coin, inconscient.

Je me lève d'un bond car je l'ai reconnu, c'est Alex.

Je m'approche de lui en priant pour qu'il soit vivant et m'agenouille près de lui.

Il est torse nu et des gros bleus causés par des coups lui recouvrent le ventre et le dos.

Ses mains et ses poignets sont rouges de sang. Des traces sur ses poignets révélaient qu'il avait été attaché pendant plusieurs heures et très fort par de grosses cordes qui lui avaient presque tranché les poignées et où coulait du sang.

Mon Dieu, c'est horrible, qu'est ce qu'il avait dû endurer ?

Oh non, c'est de ma faute, je ne sers à rien, je suis là en train de le regarder. Je tremble malgré moi et je porte une main à ma bouche. Je suis là debout en face de lui, il ne voit pas, il a l'air de dormir.

Je pose une main sur son épaule et il lève la tête. Péniblement. Il n'est pas inconscient mais semble complètement perdu et épuisé. Des cernes se creusent sous ses yeux, sa joue droite est ouverte et laisse échapper du sang qui lui coule sur le menton. Son front a plusieurs bosses et il a une profonde tristesse et de la peur dans les yeux. Ses yeux qu'il tient à moitié fermé tellement qu'il a mal.

Je le lis dans son regard. Il souffre.

C'est à cause de moi qu'il est comme ça.

C'est de ma faute. Il est tellement amoché qu'il me donne envie de vomir.

Il me regarde et essaie de parler mais il ne fait qu'ouvrir la bouche pour la refermer aussitôt.

Il doit se reprendre par deux fois pour arriver à me dire :

- Albine… C'est un fou… Il est dangereux… Tu ne dois pas rester là…

J'essaie de lui parler avec une voix calme mais malgré moi, elle tremble :

- Oui, je sais, c'est à cause de moi. C'est ma faute.

Je me remets à pleurer.

Il prend ma main et la serre aussi fort qu'il le peut. Trop faiblement. Il n'a plus de forces et même de parler lui coute. Oh mon Dieu, qu'ai-je fait ?

Il continua de parler mais sa voix était faible. Tellement faible que ce n'est qu'un murmure, un murmure de douleur.

- Il t'a… touchée ? Il t'a… fait du mal ?

- Je… Ne t'en fais pas… On s'en fiche.

Il me regarde droit dans les yeux et j'ai l'impression qu'il peut me voir de l'intérieur, qu'il sait tout ce que j'avais fait. Ce que Vincent m'avait fait. J'ai même du mal à penser à son prénom, ce prénom qui ne révèle rien aux premiers abords mais que je n'oublierais jamais, ça je le sais.

Je tremble.

C'est mon meilleur ami mais le restera-t-il quand il saura que c'était ma faute ?

Entièrement ma faute.

- Albine…, il faut nous… sortir d'ici.

Je lève les yeux et inspecte la pièce, il n'y a rien sur les murs et pas de fenêtre. Après quelques instants, nous commençons à désespérer quand nous entendons un petit bruit de pas et la poignée se tourner.

Chapitre seize

C'est l'homme qui gardait la porte tout à l'heure. Stephen.

Il passe la tête dans l'entrebâillement de la porte et vient vers nous en prenant garde de ne pas faire de bruit et nous chuchote :

- Vous devez vite partir. Vincent est sorti mais vous devez vous dépêcher, il ne devra pas tarder. Tu peux te lever ? demande-t-il en regardant Alex.

- Je crois…

Stephen prend le bras d'Alex et l'aide à se lever.

Alex tremble et je sens que si Stephen le lâchait, il tomberait.

- Sortez vite et avancez le plus vite possible. Dès que vous arriverez à la grande route, appelez une ambulance, il ne tiendra pas longtemps sinon, dit Stephen en me montrant Alex haletant, avant vous n'aurez pas de réseau, ce n'est pas la peine d'essayer. Vous avez un téléphone ?

J'acquiesce et lui murmure :

- Pourquoi faites-vous ça ? Pourquoi nous aider ?

Stephen me regarde d'un air triste puis me dit :

- Il m'a obligé à l'aider, menaçant ma famille, maintenant il les a tués, ma femme et ma petite fille. Je ne veux pas qu'il vous arrive la même chose. C'est un fou dangereux, il a déjà tué pleins de jeunes filles les violant et les achevant ensuite.

Je tressaille, j'étais une de celles qu'il avait violées mais il ne m'avait pas tuée. Enfin pas encore.

- Et vous ? Vous allez devenir quoi ? je lui demande.

- Je n'ai plus de famille, je ne crains plus rien. De toute façon il m'a déjà tué une fois en tuant ceux que j'aimais, mais je veux l'arrêter avant qu'il ne tue encore une fois.

Il ment tout le temps, il promet des choses fabuleuses dont il ne tient jamais la promesse. Il a menti jusqu'à son prénom, ce n'est pas Vincent mais peu importe lequel. Avancez aussi vite que vous le pourrez et… Quoi que vous voyiez de cette maison, ne revenez jamais et fuyez, ne retournez jamais sur vos pas, courez et courez !

Il nous fait sortir de cette pièce et nous emmènes jusqu'à une autre porte menant dans le jardin qu'il défonce sans ménagement et sans une expression de douleur pour son épaule. Il nous laisse là après nous avoir dit :

- N'oubliez pas, appelez une ambulance et surtout ne revenez pas ici, n'appelez même pas quelqu'un pour qu'il vienne voir ici.

- Mais il va recommencer et il va vous tuer !

- Non, je vais le faire avant lui, ne vous occupez pas de moi, cette maison va disparaître avec lui et tous les cadavres qu'elle retient.

- Et vous ? Vous reverrais-je ?

- Non. Je dois rejoindre ceux que j'aime et qui ne sont plus de ce monde. Courrez !

Sur ce, il referme la porte, nous laissant seuls.

Je ne peux plus retenir mes larmes, elles coulent sur mes joues.

Je soutiens Alex et nous avançons aussi vite que nous pouvons. Dix minutes plus tard, tandis que je tourne légèrement la tête derrière moi, je vois une grosse fumée venant de la maison d'où nous venions.

Je compris ce que Stephen avait voulu dire en disant qu'il allait s'occuper de Vincent et que nous ne devions pas chercher à les retrouver ou à revenir dans cette maison : Elle n'existera plus et tous ceux qui étaient dedans non plus. Tous partis en fumée. C'était une vengeance. Vincent serait mort pour tous les crimes qu'il avait connus. Et Stephen allait rejoindre ceux que Vincent avait tués : sa femme, son enfant, sa vie.

Il avait tué et détruit tellement de vies. Il ne m'avait pas tué mais avait bien détruit ma vie.

Alex geigne alors je me remets à marcher le soutenant comme je peux. Il fait frais pour un temps de printemps mais un léger vent froid souffle sur nous. Mes membres tremblent de froid et de peur. Plus de peur que de froid à mon avis.

Je vois bien qu'Alex va au plus mal. Il pousse un râle à chaque pas que l'on fait. Et à chaque pas je le sens chanceler de plus en plus. Je n'en peux plus, je suis fatiguée et j'ai mal. Mal au cœur, j'ai envie de vomir, envie de mourir.

Mais je dois continuer car peu à peu, je le sens bien, la vie s'en va du corps d'Alex. Non !

Je continue d'avancer, d'avancer, le soutenant de toutes mes forces.

Enfin, nous arrivons à la grande route.

Je prends mon portable, enfin du réseau.

J'ai huit messages : trois de ma mère, deux de mon père, deux de mon frère, un d'Arianna et quatre appels en absences. Tous me demandaient où j'étais. Je leur répondrais plus tard. Il y a plus grave :

Vite. Le SAMU.

Il ne devrait plus tarder, je continue d'avancer sur le bord de la route, j'ai peur de m'arrêter, j'ai peur qu'il me retrouve.

Mais tout à coup Alex s'écroule par terre.

- Je…n'en…peux…plus… laisse… moi.

- Non, il est hors de question !

Je le soutiens par terre, le serrant dans mes bras et lui parlant pour ne pas qu'il s'endorme. Je sais que dans son état s'il s'endormait il pouvait tomber dans le coma.

- Alex, ne t'endors pas, reste avec moi, je sais tout est de ma faute, je sais, je suis désolée, désolée. Je suis idiote, je comprendrais que tu ne me pardonneras jamais et je ne t'en voudrais pas. J'ai joué à un jeu dangereux sur Internet, j'ai rencontré Vincent, je croyais l'aimer, je croyais…

Je ne peux plus parler, je m'étrangle avec mes larmes.

- Tais-toi, Albine… arrête de t'excuser… ça ne sert à rien, le mal est fait.

- Je sais… Mais je ne voulais pas de tout ça.

- On ne veut jamais des choses pas agréables, j'étais là t'appelant, mais tu ne m'écoutais pas, mon cœur débordait d'amour pour toi mais ça ne t'as pas suffit.

Alex rejette la tête en arrière et se met à tousser violemment. Il crache du sang.

- Alex !

Il glisse et tente de se raccrocher à moi, à la terre.

Mais que fait le SAMU ?

Bon sang, il est en train de mourir.

- Albine… sache avant que je meure… que je t'aime… J'aurais voulu plus que de l'amitié entre nous…

- Non, Alex, tu ne mourras pas, restes avec moi !

A présent je crie, je pleure. Je n'en peux plus, j'étouffe.

Et avant que l'ambulance arrive, je comprends enfin que mon meilleur ami m'aime plus qu'en simple ami.

Je me rends compte à présent –trop tard- que j'avais l'homme parfait pour moi sous mes yeux, depuis toutes ces années et que j'avais été chercher ailleurs.

Mais que maintenant il est trop tard.

J'ai joué avec le feu et le feu a tué.

Au loin, j'entends un hurlement d'animal à glacer les cœurs d'effroi… A moins que ce ne soit celui d'un humain. Je ne ressens plus le froid, je l'oublie.

Je continue de tenir le corps d'Alex sans vie dans mes bras. Sa tête reposant sur moi.

Mouillant son visage de mes larmes.

Je ne suis plus rien.

Il est mort.

Mort me laissant là toute seule.

Mort par ma faute.

Mort par mon unique faute.

J'étouffe, je ne peux plus respirer. Je sais ce qu'il me reste à faire.

Chapitre dix-sept et chapitre dernier

Article de journal :

Meurtres survenus dans la région : un incendie dans une petite maison de campagne, on a retrouvé plusieurs corps brûlés à l'intérieur. On n'a pas pu les identifier mais devant la maison, il y avait deux corps criblés de balles : Stephen Mullis et Victor Gobal qui n'avaient pas complètement brûlé.

Un peu plus loin, sur le bord d'une route un jeune homme, Alexandre Dumont mort, roué de coups et torturé et cramponné à lui, Albine Lamé, un couteau dans le cœur, morte elle aussi.

Une ambulance avait été appelée sur les lieux avant qu'on ne retrouve les corps.

Ce qui s'est passé là bas, n'a pas pu être résolu pour l'instant. Quel est ce mystère ? Les coupables sont-ils morts avec eux ? D'après la police, ils en faisaient partie et on ne saura jamais ce qu'il s'est réellement passé. Que des suppositions.

<u>FIN</u>

MENTIONS LEGALES
LA VIE SUR INTERNET OU LA VIE SUR L'ENFER
GWENDOLINE MACQRET-DUMAINE
ISBN
SOURCE IMAGE : Gwendoline Macqret-Dumaine

ISBN : 9782322171675

© 2019, Macqret-Dumaine, Gwendoline
Edition : Books on Demand,
12/14 rond-Point des Champs-Elysées, 75008 Paris
Impression : BoD - Books on Demand, Norderstedt, Allemagne
ISBN : 9782322171675
Dépôt légal : avril 2019